CASADA, SEDUCIDA, TRAICIONADA…
MICHELLE SMART

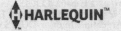

HARLEQUIN™

Editado por Harlequin Ibérica.
Una división de HarperCollins Ibérica, S.A.
Núñez de Balboa, 56
28001 Madrid

I.S.B.N.: 978-84-687-9539-3
Depósito legal: M-7437-2017
Impresión en CPI (Barcelona)
Fecha impresion para Argentina: 13.11.17
Distribuidor exclusivo para España: LOGISTA
Distribuidores para México: CODIPLYRSA y Despacho Flores
Distribuidores para Argentina: Interior, DGP, S.A. Alvarado 2118.
Cap. Fed./Buenos Aires y Gran Buenos Aires, VACCARO HNOS.

Capítulo 1

EL GRITO quebró el silencio de la capilla de Nutmeg Island. Gabriele Mantegna, que terminaba de subir las escaleras que ascendían desde el sótano, se detuvo en seco.

¿De dónde había salido?

Apagó la linterna y dejó la capilla sumida en una oscuridad total. Entonces, escuchó atentamente. ¿Había sido un grito de mujer?

Cerró la puerta del sótano cuidadosamente y se dirigió a la única ventana de la capilla que no era una vidriera. Estaba demasiado oscuro como para ver algo, pero, después de un instante, una tenue luz apareció en la distancia. Provenía de la casa Ricci, donde, en aquellos momentos, una banda armada se estaba apropiando de obras de arte y antigüedades de un valor incalculable.

El equipo de seguridad de la isla parecía estar completamente ciego a la presencia de la banda. Los monitores habían sido manipulados a distancia y les transmitían unas imágenes que no eran reales.

Gabriele miró el reloj e hizo un gesto de contrariedad. Llevaba en la isla diez minutos más de lo planeado. Cada minuto añadido aumentaba las posibilidades que tenía de que lo descubrieran. Para alcanzar la playa en la costa sur de la isla desde donde podría ponerse a salvo a nado, tendría que andar diez minutos más.

Sin embargo, aquel grito no había sido producto de

su imaginación. Su conciencia no le permitía escaparse sin comprobarlo primero.

Maldijo en voz baja y abrió la pesada puerta de la capilla. Salió al exterior, al cálido aire caribeño. La próxima vez que Ignazio Ricci decidiera un lugar de meditación y contemplación, descubriría que el código de la alarma de la capilla había sido cambiado. Para tratarse de un edificio diseñado a la contemplación y al culto, la capilla Ricci se había visto profanada por los verdaderos propósitos de Ignazio.

Todo estaba allí, directamente bajo el altar de la capilla, en un sótano repleto de documentos fechados muchos años antes. Un rastro secreto de dinero manchado de sangre, la cara oculta del imperio Ricci oculta al mundo entero. En el breve espacio de tiempo que Gabriele había estado en el sótano, había descubierto pruebas suficientes de los negocios ilegales de Ignazio como para que este se pasara el resto de su vida en la cárcel. Él, Gabriele Mantegna, le entregaría copias de los documentos incriminatorios al FBI. Estaría presente el día del juicio y se sentaría en un lugar visible para que su presencia no pasara desapercibida para el hombre que mató a su padre. Cuando el juez dictara sentencia, Ignazio sabría que había sido él quien lo había hecho caer.

Sin embargo, aún no había conseguido nada. Aún no había encontrado la prueba más importante, los documentos que limpiarían su nombre y exonerarían a su padre de una vez por todas. Pero esos documentos existían y Gabriele los hallaría, aunque le llevara el resto de su vida.

Apartó momentáneamente esos pensamientos de su cabeza y avanzó por la espesa vegetación. Arrastrándose y escondiéndose, llegó a la casa. En una ventana de la planta baja había luz. La banda no se preocupaba por ocultar su presencia.

Algo había salido mal.

Los hombres que había en la casa estaban dirigidos por una privilegiada mente criminal a la que se conocía por Carter. La especialidad de Carter era el robo por encargo de bienes de mucho valor. Jarrones Ming, Picassos, Caravaggios, diamantes azules... No había sistema de seguridad en el mundo que Carter no pudiera desarmar, o al menos eso era lo que se decía de él. También parecía tener la habilidad de saber dónde los miembros de la alta sociedad guardaban sus bienes de origen dudoso, la clase de objetos de valor que el dueño no declaraba a las autoridades. Carter se quedaba esos objetos.

La puerta principal estaba entreabierta.

Cuando Gabriele se acercó, pudo escuchar voces en el interior. Voces ahogadas, pero cuya ira resultaba más que evidente.

A pesar de que sabía que estaba corriendo un riesgo enorme, le resultaba imposible olvidarse del grito que aún le resonaba en los oídos. Se apretó contra la pared exterior, junto a la ventana que quedaba más cerca de la puerta principal y, tras respirar profundamente, se giró para mirar al interior.

El vestíbulo estaba vacío. Eso le animó a abrir la puerta unos centímetros más. La airada discusión aún se escuchaba. Cruzó el umbral y miró a su alrededor. El vestíbulo tenía tres puertas. Solo una, la que quedaba directamente enfrente de él, estaba abierta. Atravesó el espacio con mucho cuidado. Al llegar a la puerta, miró a través de la rendija y observó la amplia escalera que arrancaba a su derecha y aguzó el oído hacia la izquierda para tratar de discernir el motivo de disputa de los hombres. Si se trataba simplemente de un robo que había salido mal, volvería a su plan original y se marcharía de aquella maldita isla.

Sin embargo, el grito... Ciertamente había sonado femenino.

Las voces de los que discutían eran todas masculinas. Aún no era capaz de descifrar sobre qué estaban discutiendo. Tenía que acercarse más.

Antes de que pudiera dar otro paso, alguien empezó a bajar por la escalera. Una enorme figura vestida completamente de negro pasó junto a la puerta detrás de la que Gabriele se estaba ocultando y se unía a los otros. El desconocido debía de haber abierto la puerta de par en par porque, a partir de ese momento, todo lo que decían resonaba por los muros de la casa.

—Esa zorra me mordió –dijo un hombre con incredulidad.

—¿No le habrás hecho daño? –preguntó otra voz.

—No tanto como le voy a hacer cuando la saquemos de aquí.

—No va a ir a ninguna parte. La vamos a dejar aquí –afirmó la segunda voz.

—Me ha visto la cara...

Se produjo una acalorada discusión antes de que la primera voz volviera a tomar la palabra.

—Yo me la llevaría aunque no pudiera identificarme... sea quien sea, tiene que valer algo y yo quiero una parte.

Todos los hombres comenzaron a hablar a la vez, lo que imposibilitó que se pudiera seguir distinguiendo las voces. De repente, uno de los hombres volvió a salir gritando de la habitación.

—Podéis seguir discutiendo todo lo que queráis, idiotas. Esa zorra es mía y va a venir con nosotros.

La puerta se cerró a sus espaldas con violencia y el hombre volvió a subir la escalera y, al llegar arriba, giró a la derecha.

Aquella era la oportunidad de Gabriele.

Sin detenerse a considerar las opciones que tenía, se dirigió a las escaleras y subió los escalones de tres en tres. Había al menos media docena de puertas alineadas en el rellano, pero tan solo una de ellas estaba abierta. Se asomó cautelosamente al interior.

El hombre estaba en medio del dormitorio, dándole la espalda. Frente a él, había una mujer con la mirada totalmente aterrorizada. Tenía las manos atadas por las muñecas al cabecero de la cama y las rodillas apretadas contra el pecho. Una mordaza le impedía hablar.

Sin darle al hombre tiempo para reaccionar, Gabriele se acercó sigilosamente a él y le golpeó en el cuello, justo en el punto que le dejaba completamente inconsciente. El golpe tuvo el efecto deseado. El hombre se desmoronó inmediatamente, pero Gabriele tuvo tiempo de agarrarle por la cintura antes de que cayera y pudiera alertar a los hombres que estaban abajo. Lo colocó con cuidado sobre el suelo y comprobó su pulso.

Satisfecho de no haberlo matado, se sacó una navaja del bolsillo.

En aquel momento, vio que la mujer abría los ojos aún más y trataba de alejarse de él todo lo que le era posible. Comenzó a gimotear de desesperación a través de la mordaza.

Gabriele se arrodilló a su lado.

–No le voy a hacer daño –dijo en voz baja–. ¿Entiende lo que le digo?

La mujer siguió gimiendo, pero consiguió asentir. Había en ella algo que le resultaba a Gabriele muy familiar...

–Necesito que confíe en mí. Yo no estoy con esos hombres –dijo él–. Si la oyen gritar, subirán y seguramente nos matarán a ambos. Voy a desatarla y a quitarle la mordaza y luego nos vamos a marchar de aquí. Sin embargo, necesito su palabra de que no va a gritar. ¿Me la da?

La mujer asintió. Había dejado de gemir y el terror que se reflejaba en sus ojos parecía haberse suavizado un poco. Cuando la mujer cruzó la mirada con la de él,

Gabriele notó que el sentimiento de familiaridad era recíproco.

—Vamos a escapar —repitió él.

Se sentó en la cama y le levantó la cabeza a la mujer para poder quitarle el trozo de tela que le habían anudado alrededor de la cabeza para taparle la boca. En cuanto se lo retiró, le colocó un dedo sobre los labios.

—No tenemos mucho tiempo —le advirtió—. Vamos a tener que escapar a través de la ventana, a menos que usted conozca una salida que no implique tener que bajar las escaleras.

Ella señaló con la cabeza hacia una puerta que conectaba con otra habitación.

—El vestidor está encima de un tejado. Podemos escapar por la ventana —dijo ella con voz ronca.

Gabriele suponía que los gritos le habían dejado dañadas las cuerdas vocales. Esperó que no hubiera sufrido ningún otro tipo de daño. Admiró el hecho de que, a pesar del terror que ella había experimentado, aún había tenido ánimo para planear una manera de escapar.

Pensó en Paul, el capitán de su yate, que muy pronto estaría esperando ya su regreso a bordo.

—Deme un momento —observó.

Sacó el teléfono de su pequeña mochila impermeable y apretó el botón de emergencia que lo conectaría con él.

—Paul, necesito que me traigas inmediatamente la moto acuática al puerto norte.

Era uno de los muchos planes de contingencia que habían preparado. Sin embargo, jamás habían considerado que Gabriele estaría llevando a cabo uno de ellos con una mujer.

Cuando terminó la llamada, cortó las ligaduras que ataban las muñecas de la mujer. Unas oscuras líneas rojizas las marcaban, recuerdo de lo cruelmente que los hombres la habían atado.

Se escuchó un gruñido proveniente del suelo. El hombre estaba empezando a recuperar la consciencia.

Gabriele contuvo el deseo de abalanzarse sobre el hombre y darle una buena patada en las costillas.

—¿Puedes andar? —le preguntó mientras le rodeaba la cintura para ayudarla a levantarse.

La mujer era muy menuda. Tenía el cabello rubio platino, recogido en una alborotada coleta y unos enormes ojos verdes. A Gabriele le recordaba a una muñeca de porcelana. Muy frágil.

Ella asintió, pero le permitió que la ayudara a ponerse de pie. Gabriele arrugó la nariz. Ella olía a... humo. Tras mirarla más atentamente, cambió la imagen de muñeca de porcelana por la de una golfilla mugrienta.

De repente, recordó por qué aquel rostro le resultaba tan familiar. Recordó que, en su infancia, conoció a una niña menuda, que solía vestirse de niño y que podía subirse a los árboles mejor que nadie.

Aquella era Elena, la única hija de Ignazio. ¿Estaba arriesgando su vida por la hija de su enemigo?

Los gruñidos del hombre que estaba tumbado sobre el suelo empezaron a hacerse cada vez más audibles.

—Ahora tenemos que marcharnos —le dijo Gabriele mientras le agarraba la mano y tiraba de ella hacia el vestidor.

Fueran cuales fueran los sentimientos personales que tenía hacia ella y su familia, no le permitían dejar a una mujer vulnerable a merced de cuatro hombres armados. Odiaba a la familia de Elena, pero, a pesar de eso, no podía abandonarla ante tan cruel destino.

Abrió la ventana y miró hacia el exterior. Tal y como ella había dicho, un tejadillo salía debajo de la ventana.

Gabriele salió y dio un par de pasos sobre el tejado.

—Vamos —le dijo, cuando estuvo seguro de que el

tejadillo era lo suficientemente estable como para soste-
ner su peso sin desmoronarse.

Elena salió por la ventana. Él le agarró la estrecha
cintura y la sujetó con fuerza. Aunque estaba descalza,
su atuendo era el perfecto para una huida nocturna:
unos pantalones cortos de color negro y una camiseta
de color caqui.

Sin intercambiar ni una sola palabra, los dos se dirigieron hacia el borde del tejado.

–Nos van a rescatar en la playa norte –dijo él–. Tenemos que salir corriendo hacia la derecha –añadió,
después de mirar dónde se encontraba.

Ella asintió. Entonces, comenzó a bajar de espaldas
hasta que se quedó sujeta al borde del tejadillo tan solo
con los dedos. Al ser más alto y corpulento, Gabriele
tardó un poco más. Antes de que él pudiera soltarse,
ella se dejó caer sobre el suelo. A continuación, saltó
por encima de la valla de madera y echó a correr... pero
lo hizo hacia la izquierda y no hacia la derecha tal y
como habían acordado.

Gabriele se soltó y cayó pesadamente sobre el suelo
y echó a correr tras ella, llamándola todo lo alto que la
situación en la que se encontraban le permitía.

–Vas en dirección equivocada.

Ella no miró atrás. La goma elástica que le sujetaba
el cabello se le soltó, dejando que el cabello casi blanco
flotara a sus espaldas.

«Corre, Elena. Corre».

Mentalmente, se imaginó la casa que los empleados
de su padre le habían construido en el árbol a ella y a
sus hermanos. Si pudiera llegar hasta ella sin que nadie
la detectara, podría ponerse a salvo.

Sin embargo, por muy deprisa que corría, notaba que él le iba ganando terreno.

Gabriele Mantegna. Un hombre al que recordaba muy vagamente de su infancia. Un hombre que la asustaba casi tanto como los hombres armados que estaban en la casa. Era el hombre que se había pasado dos años en una prisión federal de los Estados Unidos y que había tratado de implicar a su padre en sus delitos.

A poca distancia estaba el sendero que conducía al bosque y a su santuario. Apretó todo lo que pudo, pero él iba acercándose inexorablemente a ella. No iba a conseguirlo...

La furia se apoderó de ella y dejó al miedo en segundo lugar. No permitiría que la capturara aquel hombre. Se detuvo en seco y se dio la vuelta para cargar contra él. Fue como chocarse con una pared de ladrillos. Sin embargo, su treta funcionó. Como aquel giro lo había pillado por sorpresa, Gabriele cayó al suelo. Desgraciadamente, aquella situación no le pilló tan desprevenido como para que no pudiera reaccionar. Le enganchó el pie alrededor del tobillo y la hizo caer encima de él. En cuestión de segundos, se había colocado encima de ella y la había colocado boca abajo antes de inmovilizarla contra el suelo.

–¿Estás tratando de conseguir que te maten? –le preguntó.

Ella comenzó a moverse y trató de zafarse de él, pero Gabriele la tenía bien sujeta.

Entonces, él lanzó una maldición y volvió a ponerse de pie, con un salto parecido al de una pantera. A continuación, hizo que Elena se pusiera de pie sin muchos miramientos y le agarró la cintura con el brazo para echársela sobre el hombro.

Acababa de echar a correr cuando los gritos empezaron a resonar en la casa. Elena comenzó a sentir un terror que ni siquiera había experimentado cuando la banda, por sorpresa, se encontró con ella. Sin embargo, incluso con la indignidad que suponía que Gabriele la llevara de aquel modo y el dolor que sentía en el estómago a causa del hombro de él, cuando comenzaron a resonar los primeros disparos, apretó los ojos y dio gracias a Dios por la fuerza de Gabriele.

No supo calcular cuánto tiempo estuvo él corriendo con ella encima del hombro. Lo único que sabía era que los hombres iban pisándoles los talones y que no dejaban de disparar.

De repente, notó que él ya no corría. Había entrado en el mar. Cerca de ellos, resonaba el ruido de un motor. Apenas tuvo tiempo de darse cuenta de que se trataba de una moto de agua. Gabriele la colocó encima y le ordenó al piloto que se marchara de allí a toda velocidad. El piloto no necesitó que le diera la orden dos veces. La moto arrancó rápidamente y se marchó cortando las aguas.

A los pocos minutos, llegaron a un enorme yate. Para sorpresa de Elena, se dirigieron a un gran portón que había en el costado de la nave y aparcaron la moto exactamente igual que si estuvieran haciéndolo en un garaje.

Gabriele y el piloto de la moto la ayudaron a bajarse.

–¿Te encuentras bien? –le preguntó Gabriele.

Elena abrió la boca para replicar con tono desafiante que por supuesto que se encontraba bien cuando la magnitud de todo lo que había tenido que pasar aquella tarde y el agotamiento que la había llevado a Nutmeg Island se apoderaron de ella.

La vista se le nubló y un sudor frío comenzó a cubrirle todo el cuerpo.

De repente, todo se volvió negro.

Capítulo 2

CUANDO Elena se despertó, se encontró cubierta por un grueso edredón sobre una cama tan cómoda que, durante un instante, el hecho de que no tuviera ni idea de dónde se encontraba no le importó lo más mínimo. Se estiró perezosamente, pero, cuando los recuerdos de lo ocurrido volvieron a su pensamiento, se incorporó en la cama como movida por un resorte.

Se había desmayado... Recordó que se había sentido mal y que unos fuertes brazos la habían sujetado.

Gabriele Mantegna.

Él la había secuestrado. Le había dado caza, se la había echado al hombro y se la había llevado a su yate en una moto de agua.

¿O acaso la había salvado?

Sí. Eso era. La había salvado de la banda de delincuentes que habían conseguido desarmar el sofisticado sistema de seguridad de su padre para acceder a la isla. Sin embargo, su instinto le decía que no estaría más segura con él de lo que lo había estado con esos hombres, aunque el peligro que él representara fuera de una clase muy diferente.

Él había conseguido protegerla de la lluvia de balas que habían disparado aquellos hombres. Solo Dios sabía cómo habían conseguido escapar sin resultar heridos.

¿Y qué era lo que estaba él haciendo allí?

Tenía tantos pensamientos en la cabeza que le resultaba imposible pensar.

Recordó también que, cuando alguien la depositó sobre la cama, había escuchado la profunda voz de Gabriele murmurándole que descansara. El único consuelo que le quedaba era que aún llevaba puesta su ropa.

Se levantó de la cama y se agarró al cabecero hasta que estuvo segura de que no iba a volver a desmayarse. Entonces, abrió las cortinas.

La luz inundó el camarote, cegándola casi con su brillantez. Abrió las puertas y salió al balcón. El mar Caribe. Había dado por sentado que seguían allí. El agua estaba muy tranquila y el yate avanzaba a una gran velocidad. No obstante, si cerraba los ojos, jamás podría asegurar que se estaban moviendo.

Notó que alguien entraba en el camarote. Al darse la vuelta, se encontró con una mujer ataviada con el uniforme de doncella.

La mujer sonrió.

—Buenos días, *signorina* Ricci —le dijo en italiano—. ¿Quiere que le traiga algo para desayunar?

—Me gustaría que me llevara a ver al señor Mantegna —replicó.

La doncella asintió y Elena salió del camarote detrás de ella. Encontraron a Gabriele en la tercera cubierta. Estaba sentado frente a la piscina, comiendo fruta.

Al verla, apartó la silla de la mesa y se puso de pie. Tan solo llevaba puestos un par de pantalones cortos.

—Buenos días, Elena. ¿Cómo te encuentras?

—Mucho mejor, gracias —replicó ella fríamente.

Sintió que se sonrojaba al recordar que, básicamente, ella se había desmayado a sus pies. El rubor se vio acrecentado por el hecho de que el torso desnudo de Gabriele le quedaba directamente a la altura de los ojos. Rápidamente, apartó la mirada.

–Nos diste un buen susto. Por favor, siéntate. ¿Te apetece un café o algo de comer?

Elena se sentó frente a él.

–Me apetecería un *caffé e latte*.

Gabriele se volvió a la doncella y le dijo:

–Esmerelda, un *caffé e latte* y una selección de dulces para nuestra invitada. Para mí, una cafetera entera recién hecha, por favor.

Mientras hablaba con la doncella, Elena aprovechó la oportunidad para mirarlo. La noche anterior, iba ataviado con un traje de neopreno. Incluso entonces había resultado evidente que poseía un físico espectacular. Sin embargo, nada podría haberla preparado para verlo así, con el torso desnudo. Fuerte y definido, tenía unos fuertes pectorales cubiertos de un fino vello oscuro. Aquello, unido al profundo color bronceado de su piel, parecía indicar que se trataba de un hombre que disfrutaba de la vida al aire libre. Sin embargo, había vivido un par de años en los que sus salidas al aire libre se habían visto seriamente limitadas.

–¿Qué es lo que está pasando? –le preguntó ella secamente.

Se recordó que no era la primera vez que veía a un hombre sin camisa. Tenía tres hermanos mayores. El físico masculino no era un misterio para ella.

–Te agradezco mucho que me salvaras de esos hombres anoche, pero ¿qué estabas tú haciendo en nuestra isla? Si no tenías nada que ver con esos hombres, ¿cómo supiste que yo necesitaba que me rescataras?

Evidentemente, sus motivos no debían de ser buenos. Desde que Gabriele salió de prisión, estaba llevando a cabo una sutil *vendetta* contra la familia de Elena a través de los medios. El guapo y carismático dueño de Mantegna Cars, un defraudador y blanqueador de dinero que había cumplido condena por esos delitos, jamás perdía la oportunidad de hacerle daño a su padre. Gabriele se había declarado culpable de los cargos y había aceptado la responsabilidad de los mismos en solitario, aunque todo el mundo parecía creer que él solo lo había hecho para salvar a su propio padre. Sin embargo, habían llegado rumores a los medios de comunicación de que Gabriele señalaba a Ignazio Ricci como el verdadero culpable.

Unos ojos castaños, casi negros, de gesto pensativo, observaban los de Elena. Con la fuerte nariz y los gruesos y sensuales labios, los rasgos de Gabriele tenían una cierta cualidad conmovedora que parecía ser totalmente incongruente con un hombre como él.

–Te oí gritar. Así fue como supe que había alguien en peligro. Por lo demás, esperaremos a que nos hayan traído nuestro desayuno para seguir hablando –dijo él mientras la miraba fijamente, escrutándola con la mirada.

Como Elena no se había mirado al espejo, tan solo se podía imaginar lo horrible que estaba con el cabello completamente revuelto y las ropas con las que había pescado, había hecho una fogata y había dormido.

–¿Me puedes decir al menos dónde estamos?

–En el golfo de México. Si todo va bien, llegaremos a la Tampa Bay a última hora de la tarde.

Gabriele había aprovechado el tiempo y había estado investigando a la mujer que hacía más de dos décadas que no veía. Había estado tan centrado en vengarse de Ignazio y de sus tres hijos que casi se había olvidado de que ella existía. Había pasado de pensar que Ignazio no tenía la capacidad de amar a nadie a saber que, en Elena, había encontrado el talón de Aquiles de su enemigo.

Los padres de ambos habían sido buenos amigos desde la infancia. Cuando Alfredo, el padre de Gabriele emigró de Italia a los Estados Unidos con su esposa y un hijo de corta edad, la amistad de ambos había soportado la distancia. Alfredo le había pasado sus nuevos contactos a Ignazio y había dado la cara por él, facilitándole que pudiera expandir su ya creciente imperio.

Los negocios de ambos habían sido complementarios. Repuestos Ricci proporcionaba gran parte de las piezas que Mantegna instalaba en sus coches. Diez años atrás, habían decidido unir las partes de sus negocios que se movían en terreno común a sugerencia de Ignazio. Gabriele había tenido ciertas reservas sobre la fusión, pero las había mantenido en secreto. Después de todo, Ignazio era prácticamente de la familia.

A pesar de la cercanía de ambos, Ignazio había mantenido a su hija en Italia. Gabriele dudaba que hubiera visto más de cinco veces a Elena desde que era un bebé. Su único recuerdo de ella era el de una niña que se comportaba como un chicazo descarado.

A la edad de dieciocho años, ella había comenzado a trabajar con su padre mano a mano antes de que se le diera la responsabilidad de ocuparse de la división en Europa del imperio de Ignazio.

Al contrario que sus hermanos, que tenían la sutileza de un trío de pavos reales, Elena siguió en la sombra. Sus apariciones públicas eran escasas y todas se veían relacionadas con su trabajo.

Una entrevista de Ignazio le había llamado la atención. Se había realizado hacía cuatro años, cuando se presentaron por primera vez los cargos contra el padre de Gabriele. Ignazio había criticado a Alfredo y había declarado públicamente lo engañado que se sentía. Las únicas palabras que a Gabriele le habían parecido sinceras habían sido las que le dedicó a su hija.

–Elena es la más trabajadora de todos mis empleados y la mejor hija que un hombre pudiera desear. Sé que cuando me haga viejo ella estará a mi lado para cuidarme.

Gabriele sonrió. Tal vez la visita a la capilla de los Ricci no le había proporcionado las pruebas para limpiar su nombre, pero, con Elena, había encontrado un sustituto muy adecuado. Había encontrado un arma que podría herir a Ignazio mucho más que si simplemente lo enviaba a prisión.

Sin embargo, la sonrisa se le heló en los labios.

No habría nada que celebrar hasta que limpiara el nombre de su padre y el suyo propio y pudiera darle a su madre la paz que ella fuera capaz de encontrar.

–Debería decirte que tu presencia aquí me ha proporcionado una especie de dilema –dijo.

–¿Qué clase de dilema? –preguntó ella frunciendo el ceño.

–Me has proporcionado unas opciones que no había considerado antes.

Al ver que Esmerelda regresaba con lo que le habían pedido, lo dejó estar mientras la mujer lo colocaba todo sobre la mesa.

–Te ruego que comas –le indicó mientras Esmerelda volvía a desaparecer en el interior.

–Dime por qué soy un dilema.

–Preferiría tener esta conversación sin tener que preocuparme si te vas a volver a desmayar por el hambre.

–Nunca antes me había desmayado –afirmó ella–. Fue por la adrenalina y por todo lo ocurrido, eso es todo. Nunca antes me habían secuestrado ni me había visto luego rescatada, perseguida, arrojada sobre el hombro y transportada en una moto de agua hasta un yate, todo ello aderezado por el ruido de las balas que se disparaban sobre mí.

–¿Por qué saliste huyendo de mí?

–Porque tienes un enfrentamiento con mi padre y

odias a mi familia. Apareciste en ese dormitorio como un fantasma... Tenía miedo.

–Yo no tengo un enfrentamiento con tu padre –negó él tranquilamente–. Mi odio hacia todos los Ricci es mucho más fuerte que eso.

Elena palideció.

–En ese caso, ¿por qué me rescataste?

–Porque no soy el monstruo que es capaz de abandonarte a merced de esos hombres.

Elena tomó un pastel. En vez de morderlo, lo colocó en el plato que tenía delante y entonces tomó un sorbo de su *caffé e latte*.

–No comprendo por qué nos odias tanto.

–¿De verdad? –replicó él con incredulidad–. En ese caso, deja que te explique.

Gabriele tenía el maletín a los pies de la mesa. Se lo colocó en el regazo, lo abrió y sacó una carpeta.

–Anoche fui a Nutmeg Island para buscar pruebas de la criminalidad de tu padre. Estos son unos pocos de los documentos que copié anoche en la capilla de tu familia. Como verás, he hecho que me los impriman todos para que sea más fácil digerirlos. Son pruebas irrefutables de que Repuestos Ricci está blanqueando dinero de su base en Brasil.

–Estás mintiendo –repuso ella mientras mordía con furia el pastelillo.

–Pues léelos tú misma –respondió él encogiéndose de hombros–. Las pruebas están ahí. Las autoridades de los Estados Unidos las encontrarán muy interesantes. Tu padre lleva más de diez años dirigiendo su empresa desde Brasil. Sin embargo, las cuentas implicadas utilizan dólares estadounidenses. Créeme si te digo que, si les doy estos documentos, irán a por tu padre y a por todos vosotros como si fueran una manada de hienas. ¿Por qué crees que me he pasado dos años y seis meses entre rejas? Saben que tu padre está metido hasta el cuello en corrupción, pero, hasta ahora, no han tenido pruebas para acusarlo de nada.

Elena tragó la comida y se pasó una mano por el flequillo. Luego, le arrebató la carpeta a Gabriele y examinó los documentos. Gabriele la observó atentamente. Ella leía ávidamente, con una concentración que se hacía notar en el ceño fruncido.

En los años que habían pasado desde la última vez que la vio, Elena había adquirido la belleza propia de una muñeca, que, combinada con una apariencia descuidada y las ropas algo masculinas, le daban un aspecto mucho más joven que los veinticinco años que tenía. No obstante, no había nada delicado ni juvenil en su manera de ser. Había demostrado su tenacidad la noche anterior, planeando una huida y enfrentándose a él cuando comprendió que no iba a poder despistarle. De hecho, si los propios reflejos de Gabriele no fueran tan rápidos, seguramente se habría escapado de él.

—Quien haya creado estos documentos, es evidentemente un maestro de la falsificación —dijo ella con voz tensa cuando hubo terminado de leer.

—No te engañes. No son falsificaciones. Hice las fotografías yo mismo anoche, en el sótano de tu capilla.

—En la que entraste ilegalmente —dijo ella entornando la mirada—. ¿Estabas compinchado con esos hombres?

—No.

—Entonces, ¿se trata de una coincidencia que estuvieras allí exactamente al mismo tiempo que una banda armada atacaba por sorpresa nuestra isla?

—No hay coincidencia alguna —dijo él encogiéndose de hombros—. Sabía que ellos iban a realizar el ataque. Llevo esperando un año.

Elena lo miró atónita.

—Lo que tienes que comprender es que las prisiones

están llenas de delincuentes. Y no todos los prisioneros son discretos. A uno le gustaba fanfarronear sobre cómo su hermano era miembro de la banda de Carter. ¿Has oído hablar de Carter?

Elena negó con la cabeza.

–Carter realiza robos por encargo. Se dice que su precio medio por un trabajo es de diez millones. También realizar trabajos para sí mismo. Ataca lugares en los que sabe que se guardan mercancías ilegales, la clase de objetos cuyo robo ningún dueño se atrevería a denunciar a la policía. Fue cuestión de decirle a mi compañero de celda que había una isla frente a las Caimán que estaba llena de objetos de arte ilegales por valor de muchos millones de dólares.

–Eso es mentira –le espetó ella.

–A Carter no se lo pareció –repuso Gabriele encogiéndose de hombros–, y realiza siempre una investigación muy meticulosa antes de dar un golpe. Sabía que era cuestión de tiempo que el rumor le llegara. Llevo mucho tiempo esperando a que él y su banda dieran el paso... Tengo que admitir que al sistema de seguridad de tu padre no le hace sombra ningún otro. Sabía que harían falta los mejores para desarmarlo y Carter es el mejor. Lo único que tuve que hacer fue esperar para poder entrar en la isla sin que nadie me detectara.

Elena lo miró con odio.

–Entonces, ¿has sido tú el que ha conducido a esos hombres hasta la isla de mi familia?

–Bueno, lo único que hice fue sembrar la idea. Tú no tenías por qué estar aquí. Nadie tenía que estar aquí. Carter se ha salido con la suya durante tanto tiempo porque no corre riesgos innecesarios.

–Si tan convencido estás de la culpabilidad de mi padre, ¿por qué no te arriesgaste tú mismo? ¿Por qué utilizar una banda de delincuentes como tapadera?

Gabriele sonrió.

–Ya me he pasado dos años en la cárcel. Créeme si te digo que no deseo volver a pasar ni un solo día más allí. Dejo que los expertos corran los riesgos.

Sin previo aviso, Elena se levantó de la silla y se dirigió hacia la barandilla. Una vez allí, arrojó la carpeta al mar. Los papeles salieron volando por todas partes, transportados por la brisa y desperdigados en todas direcciones.

–Eso es lo que pienso de tus pruebas –dijo Elena fríamente.

Todo era una horrible mentira. No había otra explicación. Su padre no era ningún criminal. Era un hombre bueno y cariñoso que la había criado a ella y a sus hermanos solo después de que su esposa muriera cuando Elena tan solo era un bebé.

–Tengo más pruebas –afirmó él–. Una llamada será suficiente para que el FBI y la policía local obtengan una orden. Una llamada. ¿Te gustaría que la hiciera?

–¿Y por qué iban a creerte? –se mofó ella–. Eres un delincuente y has estado en la cárcel y esas pruebas de las que hablas se han obtenido ilegalmente. No tendrían validez en ningún tribunal.

–Basta para que la pelota comience a rodar. Las autoridades ya están vigilando a tu padre y a tus hermanos... Y a ti. Tu familia es como un montón de ramas secas. Lo único que las autoridades están esperando es a que la cerilla las encienda. Si ocurriera lo peor y consideraran que no pueden utilizar esas pruebas, se enviarían anónimamente copias desde una dirección de correo electrónico imposible de rastrear a todos los canales de noticias del mundo. Sea como sea, está acabado. Y tú también.

Elena se llevó una mano al pecho y parpadeó.

–¿Nos odias porque mi padre no defendió a tu padre cuando salieron las acusaciones contra él? ¿Es esa la razón de todo esto?

Gabriele soltó una carcajada.

–Se te da muy bien hacerte la ingenua, eso lo tengo que admitir. Uno casi se podría creer que no sabes que tu padre estaba detrás de todo.

–Estás mintiendo. Todo el mundo sabe que tu padre y tú estabais juntos en ello. Tú aceptaste la culpa para exonerarlo a él. A mi padre lo interrogaron una vez y no encontraron prueba alguna contra él.

–No encontraron pruebas contra tu padre porque el rastro se creó para que condujera deliberadamente al mío –replicó él mostrando las primeras señales de enojo–. El FBI lleva años tratando de encontrar algo. Nuestros padres comenzaron a hacer negocios juntos a instancias del tuyo para que él pudiera esconderse detrás de la respetabilidad del mío. Utilizó el afecto, la bondad y la lealtad de mi padre para un viejo amigo y lo hizo cargar con todo.

–¿Y dónde están las pruebas? Estás realizando un montón de graves insinuaciones y acusaciones, pero ¿dónde están las pruebas que respalden esas afirmaciones?

–Están. Y las encontraré.

–O las falsificarás, como esos documentos que afirmas que son de la capilla de mi isla.

Su padre llevaba décadas almacenando documentos en el sótano de la capilla. No había nada siniestro al respecto. Simplemente era el lugar más seguro para almacenarlos. O, más bien, lo había sido.

–Admítelo, Elena. Los documentos que copié anoche son auténticos. Serán el pistoletazo de salida que el FBI estaba buscando.

–Son falsificaciones –insistió ella.

–Sabes muy bien que no. Tú también estás metida hasta el cuello en todo esto.

–No estoy metida hasta el cuello en nada.

–Claro que lo estás, pero existe el modo de que te puedas salvar y salvar también a tu padre. Y eso a lo que me refería como un dilema para mí.

–Tú dirás.

–La falta de pruebas documentales que demuestren la inocencia de mi padre y la mía es un contratiempo para mí.

–Eso es porque no existen.

–Si yo fuera un falsificador tan experimentado, ¿no crees que las falsificaría? Tu padre es muy meticuloso a la hora de guardar documentos. Están ahí, en alguna parte, y los encontraré... o se me podría persuadir que me olvidara de todo. De hecho, con los incentivos adecuados se me podría convencer de que destruyera los documentos que copié anoche en vez de pasarlos a las autoridades.

–¿De qué incentivo estás hablando?

–No he mandado aún los documentos al FBI porque tengo una proposición que hacerte. Tú y solo tú puedes salvar a tu padre de la ruina económica y de una contundente sentencia de cárcel.

–¿Y qué supone esa proposición?

Una sonrisa curvó el hermoso rostro de Gabriele.

–Te lo diré enseguida. Para asegurarte un futuro en libertad para ti y tu familia, tendrás que hacer una cosa muy sencilla. Casarte conmigo.

Capítulo 3

GABRIELE observó atentamente cómo el rostro de Elena palidecía. Lo último que deseaba era que ella volviera a desmayarse. No había razón para preocuparse al respecto. En vez de desmoronarse sobre cubierta, Elena se cubrió la boca con la mano y comenzó a reírse a carcajadas. El color regresó a su rostro.

–Es lo más divertido que he escuchado nunca –dijo mientras se secaba las lágrimas con el reverso de la mano–. ¿Que quieres casarte conmigo?

Gabriele no dijo nada. Se limitó a cruzarse de brazos y a mirarla implacablemente. Elena debió de ver algo en la expresión del rostro de él que detuvo en seco tanto regocijo y diversión.

–No lo dices en serio, ¿verdad? ¿Quieres casarte conmigo?

–Cásate conmigo y todos los problemas de tu padre desaparecerán.

–Pero... pero eso es una locura –dijo ella mesándose el cabello con las manos–. Dime qué es lo que de verdad buscas.

–Solo eso. Quiero que lleves mi anillo en el dedo y que tengas un hijo mío.

–¿Un hijo? ¿Quieres que tenga un hijo tuyo? Estás loco...

–Esas son mis condiciones para no poner a tu padre y al resto de tu familia a merced de las autoridades.

Elena sacudió la cabeza y trató visiblemente de recuperar la compostura. Se apartó de la barandilla, volvió a sentarse a la mesa y se terminó su café. A continuación, se sirvió otro.

—Dejando a un lado que tu proposición es la idea más estúpida de la historia de la humanidad y dejando a un lado también tu monstruosa idea de tener un hijo juntos, ¿qué es lo que esperas conseguir casándote conmigo? ¿Mi humillación? ¿Mi subyugación? ¿Qué?

—Tengo una misión en la vida y esa es la destrucción de tu padre. El hecho de que tú te cases conmigo lo destruirá emocionalmente. Tú eres su princesa especial, la luz de su vida. Saber que me perteneces, le partirá en dos el corazón.

Los ojos de Elena reflejaron un profundo odio.

—Yo jamás te perteneceré. Y no tendré un hijo tuyo nunca.

—Si accedes a mi proposición, tendrás mi apellido. Tendrás mi hijo. Una Ricci se convertirá en una Mantegna. Juntos haremos una nueva vida —dijo él inclinándose y apoyando los dedos sobre la mesa, de manera que prácticamente tocaron los de ella—. Tu padre, tus hermanos, todo el mundo creerá que te has enamorado de mí y que el poco corazón que tienes en el cuerpo me pertenece.

Elena lo miró con el pánico reflejado en los ojos.

—No puedo hacerlo. Nadie se creerá ni por un segundo que estamos enamorados.

Gabriele se encogió de hombros.

Elena se frotó los ojos. Él la miró fijamente para ver si había lágrimas, pero, evidentemente, y a pesar de su frágil apariencia, Elena era una mujer dura. No debería gustarle que así fuera, pero eso era lo que sentía. Saber que estaba más que equipada para ser su igual le hacía sentirse un poco menos culpable. No se permitiría sentir culpa alguna. Después de lo que el padre de Elena había hecho, la culpabilidad y la empatía no tenían cabida en su vida.

El padre de Gabriele había estado toda su vida trabajando muy duramente, había sido un marido leal y fiel, un buen padre y jefe y un excelente amigo. Ver su reputación por los suelos y la angustia que eso le había causado, además del asombro que había experimentado al ver cómo el hombre que consideraba un hermano había sido el causante de todas sus desgracias...

–Una cosa es querer hacer daño a mi padre, pero ¿por qué me metes a mí en todo esto? Yo no te he hecho nada. Ni siquiera te conozco.

–Porque sé que eres tan culpable como él. Aunque no tuvieras nada que ver en la acusación a mi padre, no hiciste nada para impedirlo. Tu padre es un monstruo, pero tú sigues considerándolo como si fuera Dios. Deberías sentirte afortunada de que yo te esté dando esta oportunidad. No tengas ninguna duda de que el FBI encontrará pruebas contra tus hermanos y tú –dijo Gabriele mientras se levantaba de la mesa–. Sé que es mucho para que lo asimiles rápidamente, así que te daré algo de tiempo para pensarlo.

–¿Cuánto tiempo? ¿Cuánto tiempo, maldito seas?

Gabriele consultó el reloj.

–Quiero que me comuniques tu decisión cuando lleguemos a Tampa Bay.

–Yo no puedo... –susurró ella tragando saliva–. No puedo. Es imposible.

–Claro que puedes. Tendrás que elegir tarde o temprano. Tan solo recuerda que, si escoges la opción equivocada, tu padre se pasará lo que le queda de su miserable vida en la cárcel. Y puede que tú también.

Mientras Gabriele volvía al interior del barco, sintió que una profunda mirada de odio le abrasaba la espalda. Respiró profundamente para sacudirse la sensación tan desagradable que se le había alojado en el pecho.

Una ducha caliente hizo que Elena se sintiera más limpia, pero no mejor. Había estado sentada en la cubierta casi una hora, tratando de pensar, pero sin poder hacerlo con coherencia.

No debería haberse tomado de vacaciones aquel largo fin de semana...

Casi no había disfrutado de ningún día libre en el último año. Desde que Gabriele comenzó su campaña de acoso y derribo, no se había atrevido. Había querido que sus empleados y los accionistas de Ricci la vieran tranquila y despreocupada.

Dos semanas atrás, cayó enferma con un resfriado del que no parecía capaz de curarse. A medida que fueron pasando los días, sus niveles de energía fueron disminuyendo alarmantemente, tanto que hasta levantarse de la cama era una hazaña para ella. Entonces, el jueves, cuando estaba en una reunión en Oslo, notó que le resultaba casi imposible mantener los ojos abiertos. En cuanto terminó, se dirigió a su despacho y se quedó dormida en el sofá. Mientras soñaba con la isla que la familia había comprado hacía veinte años en el Caribe, comprendió que necesitaba un descanso.

La casa que tenían en la isla era lo suficientemente grande para que todos los miembros de la familia pudieran entrar y salir cuando les placiera. Como regla general, avisaban a los empleados para que realizaran los preparativos necesarios, pero, en aquella ocasión, Elena decidió que lo que necesitaba más que nada era paz. Solo pensar en estar completamente sola, con la excepción de los guardias de seguridad, le había levantado el ánimo. Tres días de soledad al sol...

Llegó a la isla el día anterior a mediodía. Dejó la maleta en la casa y decidió hacer algo que no había hecho desde que era una niña. Se dirigió a la parte sur de la isla y pescó para prepararse la cena. El estómago comenzó a rugirle al recordar que no había tenido oportunidad de comerse su presa, una pequeña barracuda.

Al ponerse el sol, hizo un pequeño fuego en la playa. La barracuda estaba casi a punto cuando unos gritos la distrajeron. Pensó que uno de los guardias de seguridad se había hecho daño y se había dirigido rápidamente al bosque para ayudar.

La suerte no había estado de su parte. Llegó a la carretera que partía en dos el bosque justo en el momento en el que un hombre vestido de negro de la cabeza a los pies salía de la casa.

Al verlo, ella se quedó completamente inmóvil, tan asustada que no podía moverse. De repente, la adrenalina se apoderó de ella y echó a correr, pero en ese momento ya fue demasiado tarde. El hombre había pedido apoyo a gritos y se dirigía hacia ella. Por lo tanto, Elena hizo lo único que podía hacer. Abrió la boca y comenzó a gritar tan fuertemente como pudo. Su vida iba en ello.

Gracias a Dios, Gabriele la oyó. Elena no quería ni pensar lo que le habría ocurrido si él no la hubiera escuchado o hubiera preferido ignorarla.

Soltó una amarga carcajada. Se apostaba algo a que él no habría acudido si hubiera sabido que era ella la que estaba en peligro. O tal vez sí...

Salvarla le había dado una oportunidad de oro y él la estaba aprovechando al máximo...

No podía casarse con él. Nunca en toda su vida había escuchado algo tan ridículo. ¿Cómo iba a casarse con un hombre al que apenas conocía y que tenía intención de destruir a toda su familia?

Y lo de tener un hijo suyo... ¿Cómo iba a traer un niño a un nido tan lleno de veneno?

Sin embargo, era el único modo de salvar a su familia. Aquellos documentos, aunque falsificados, tenían el potencial de destruirlos a todos y ella era la única que podía evitar que aquello ocurriera.

No era de extrañar que le doliera tanto la cabeza.

Mientras se obligaba a pensar, se puso a buscar en el camarote algo limpio que ponerse, dado que Esmerelda se había llevado toda su ropa sucia. Lo único que encontró fue un vestido de seda blanca colgado en el armario. Le quedaba muy bien, pero una sola mirada al espejo la hizo quitárselo. La tela era prácticamente transparente.

Esmerelda le había llevado algunas prendas, pero, a juzgar por el tamaño y la hechura, eran de Gabriele. De mala gana, se puso una camiseta negra. Le llegaba a las rodillas y parecía un saco. Mejor.

Lo peor de todo era que olían a él a través del aroma del suavizante. Le desagradó profundamente que aquel olor le resultara tan atractivo. Como Esmerelda se había llevado también su ropa interior, se puso los pantalones cortos que iban con la camiseta. Le estaban tan grandes que se los tuvo que sujetar con una mano para que no se le cayeran. Entonces, salió a buscarle.

Con cierta dificultad, encontró el camino a la cubierta superior. Desde allí, observó la cubierta en la que se encontraba la piscina, que quedaba un poco más abajo. Estaba a punto de darse la vuelta cuando una figura la hizo detenerse.

Era Gabriele. Por alguna razón desconocida, el corazón se le aceleró y tuvo que agarrarse con más fuerza a la barandilla. Él hacía un largo tras otro. Los músculos de la espalda se le contraían con el movimiento. No era de extrañar que su físico fuera tan espectacular.

Cuando llegó en aquella ocasión al borde la piscina, en vez de hacer un viraje y seguir nadando como había hecho hasta entonces, se dio la vuelta y levantó la mirada.

Elena hizo ademán de dar un paso atrás, pero se detuvo a tiempo. Se sentía mortificada de que Gabriele la hubiera descubierto admirándolo, pero ocultarse ante él solo confirmaría que lo había estado espiando.

Por ello, mantuvo la cabeza alta y comenzó a bajar las escaleras hacia la piscina. Cuando llegó a la cubierta inferior, Gabriele ya había salido de la piscina y se estaba secando el rostro con una toalla.

Dios santo...

Con el agua cayéndole por su bronceada y tonificada piel y con nada puesto más que un bañador negro muy ceñido que marcaba un abultamiento muy claramente... Elena sintió que las mejillas se le enrojecían y se apresuró a sentarse a la mesa, donde había una jarra de agua y un par de vasos.

De soslayo, vio que él se secaba metódicamente antes de colocarse la toalla sobre los hombros y acercarse a ella. Le dedicó a Elena una sonrisa antes de servir agua en los dos vasos.

–¿Debo suponer que el hecho de que hayas vuelto a aparecer significa que has tomado ya una decisión? –le preguntó mientras le ofrecía un vaso.

–No del todo –replicó ella antes de tomar un sorbo del agua–. Primero hay algunas cosas sobre las que tenemos que hablar.

–¿Cuáles?

–Si accedo a casarme contigo, quiero un contrato firmado en el que se especifique que las supuestas pruebas que tienes contra mi padre serán destruidas.

–Eso ya se especifica en el contrato que está siendo redactado.

–¿Ya estás redactando uno?

–Sí. Especificará exactamente lo que debe ser este matrimonio para que no haya lugar a dudas por ninguna de las partes.

–¿No te parece algo presuntuoso? Yo aún no he dicho que sí...

–Lo harás –afirmó él encogiéndose de hombros–. La libertad de tu padre depende de ello –añadió con arrogancia.

Al haber crecido en una casa llena de hombres, Elena estaba bien acostumbrada al ego masculino. En el hogar de los Ricci había aprendido desde muy pequeña a cuidar de sí misma y a no sentirse inferior por su género o tamaño. La arrogancia de Gabriele, mucho más exacerbada que la de sus hermanos, era otra cosa más que añadir a la lista de las cosas que despreciaba sobre él.

–¿Esperarás que deje mi trabajo?

–No, pero sí que hagas concesiones en el volumen, igual que yo tendré que hacer concesiones en el mío. Para que nuestro matrimonio sea creíble, tendremos que sincronizar nuestras agendas al igual que nuestras vidas.

–¿Y estará eso también en el contrato?

–Sí. ¿Algo más?

–La exigencia de que yo tenga un hijo tuyo es despreciable y no es algo a lo que yo pueda acceder.

–Vamos a dejar claras un par de cosas –dijo Gabriele mientras se inclinaba hacia delante–. La única razón por la que me quiero casar contigo es para hacerle daño a tu padre. Sabes tan bien como yo que nuestro matrimonio le destrozará. Que tú te quedes embarazada de un Mantegna será la puntilla para su orgullo.

–No puedes implicar a un niño en un matrimonio como este... Es inmoral.

–¿Y una Ricci me va a dar a mí lecciones sobre moralidad? –le preguntó antes de chasquear la lengua.

–¿Y por qué quieres tener un hijo conmigo? Me odias. Podrías tener un hijo con cualquier otra mujer.

–Pero yo no quiero a cualquier otra mujer. Te quiero a ti.

–¿Por qué?

–Cuando nos arrestaron a mi padre y a mí hace cuatro años, yo estaba prometido para casarme. Me declaré culpable para salvarle el cuello a mi padre, pero Sophia, mi prometida, prefirió no creerme. Terminó con nuestra relación. Puedes estar segura de que te digo la verdad cuando afirmo que no volveré a confiar en ninguna otra mujer. Después de lo que tu padre hizo, no volveré a confiar en nadie. Yo soy el último de mi linaje. El hecho de que yo tenga un hijo significará la perpetuación del apellido Mantegna.

Solo pensar en Sophia le provocaba náuseas. Ella rompió el compromiso con la misma habilidad de un cirujano. Gabriele se quedó destrozado no por el hecho de perder el amor de Sophia, sino por haber creído en el amor en sí. Le resultaba imposible haber podido pensar que había estado dispuesto a unir su vida a una criatura tan traicionera. Por suerte, no había tenido tiempo de pensar en ello. Su prioridad en aquellos momentos había sido evitar que Mantegna desapareciera y proteger a sus padres. Que solo hubiera conseguido lo primero sería algo con lo que tendría que vivir el resto de sus días.

–¿Y tú podrías amar a un niño que llevara la sangre de los Ricci? –le desafió Elena.

–Será también medio Mantegna. Eso diluirá el impacto.

–¡Qué manera tan desagradable de hablar!

–Simplemente estoy siendo sincero. Si accedes a casarte conmigo, no quiero que haya posibles malentendidos. Si tenemos un hijo será completamente inocente de todo esto y yo no hago daño a los inocentes.

—A mí me estás haciendo daño.

—Tú no eres inocente...

Elena se echó a temblar y cerró los ojos. Sin embargo, Gabriele ignoró su dolor. Si Elena no fuera la hija de Ignazio, jamás tomaría las decisiones que había tomado con ella. Elena era un caso especial. Ella había visto cómo se acusaba a su padre de un delito que sabía muy bien que había cometido su propio padre. Había visto cómo Gabriele cargaba con la culpa y cómo todo el mundo era testigo por televisión de su entrada en la cárcel. Había visto también cómo, días después, todos los medios informaban del fallecimiento de Alfredo por culpa de un ataque al corazón. Y, a pesar de todo lo que había visto, no había dicho nada.

Había permitido que el padre de Gabriele muriera tras ver cómo su único hijo entraba en la cárcel por un delito que había cometido Ignazio y que su madre quedara sola en un país cuyo idioma jamás había conseguido dominar. Y no había hecho nada.

Por lo que a Gabriele se refería, Elena era tan culpable como Ignazio de la muerte de su padre. Por ello, no descansaría hasta que todos los Ricci hubieran pagado el precio de sus despreciables mentiras. Si Elena quería saber lo que era el dolor de verdad, lo sentiría muy pronto.

—Nuestro matrimonio solo durará el tiempo que tardemos en concebir. Después, nos separaremos.

Elena palideció aún más, si aquello era posible.

—¿Serías capaz de arrebatarle un niño a su madre?

—Yo no soy el monstruo en esta relación —replicó él—. Estaría dispuesto a tener la custodia compartida, pero con la condición de que el niño no tuviera contacto alguno con ningún miembro de tu familia.

—Eres un monstruo —rugió ella—. ¿Cómo puedes pensar siquiera en traer un niño al mundo con tales condiciones?

–Sea como sea, esas son mis condiciones. Las tomas o las dejas. Yo deseo un hijo. Deseo vengarme. Puedo conseguir las dos cosas casándome contigo. Mira el lado positivo de tener un hijo mío. En cuanto te quedes embarazada habrás dejado de serme útil y te dejaré libre. Depende de ti. Esto o prepárate para enfrentarte a la ley...

–Digamos que acepto tener un hijo contigo... ¿Cómo... cómo vas a ser capaz de mantener relaciones sexuales con una mujer a la que odias?

–¿De verdad eres tan ingenua sobre cómo funciona un hombre? –se mofó él–. Nuestras libidos tienden a funcionar de un modo independiente a nuestros cerebros. Tú no eres una mujer poco agraciada. Estoy seguro de que hacer un bebé contigo no será tan difícil –explicó mientras ella lo observaba con una mezcla de furia y asombro–. Es mejor poner las cartas sobre la mesa. Y ahora que ya sabes a lo que te enfrentas, ¿cuál es tu decisión? ¿Vas a casarte conmigo?

Elena frunció los labios.

–Mientras que el contrato garantice que no me quitarás a mi hijo y que destruirás todas las pruebas que dices que tienes, sí, me casaré contigo.

Gabriele se permitió la satisfacción de una sonrisa. Pero Elena no había terminado. Apretó los puños y dijo:

–Sin embargo –añadió, tienes que comprarme una casa en Florencia y otra cerca de la que tú tienes en Nueva York.

–¿Para qué?

–Si vamos a compartir la custodia, eso significa que siempre podré estar cerca de nuestro hijo cuando esté contigo y que estaré cerca si me necesita.

A Gabriele le sorprendió descubrir que tenía instinto maternal.

–Y también quiero por escrito que tú nunca hablarás mal de mí ni de mi familia a nuestro hijo –añadió.

Por el gesto que Elena tenía en el rostro, Gabriele comprendió que, si accedía a aquello, tendría lo que buscaba. Elena era digna de admiración. Tenía coraje y, a pesar de ser una Ricci, compasión por un hijo que aún ni siquiera había sido engendrado.

–Está bien –accedió él encogiéndose perezosamente de hombros–. Puedo concederte eso.

–Lo quiero por escrito en el contrato.

–Considéralo hecho.

–Está bien, pero, para que lo sepas, tú no eres el único que puede sentir rencor y desear venganza –dijo ella mientras se ponía de pie y se inclinaba sobre la mesa para que sus furiosos ojos quedaran tan solo a pocos centímetros de los de él–. Cuando todo esto termine, me encargaré personalmente de que pagues por ello. No habrá ni un minuto del día en el que no te lamentes de lo que me has hecho. Haré que te abrases en el infierno por esto.

Inesperadamente, Gabriele sintió que un escalofrío le recorría la espalda.

–Ya estoy en el infierno –replicó amargamente–. Tu padre me envió allí.

–En ese caso –le espetó Elena–, haré que mi misión en esta vida sea evitar que salgas de él.

Capítulo 4

EL SONIDO de un helicóptero hizo que Elena se cubriera los ojos con una mano para poder mirar hacia el cielo. Estaba sentada en el balcón que había en su camarote, exactamente en el mismo lugar en el que había estado desde que se alejó de Gabriele antes de que sucumbiera a la tentación de darle un puñetazo en la cara.

Nunca en toda su vida había odiado a alguien así. Nunca en toda su vida había sentido tanto... tanto... tanto hacia una persona.

Sus primeros años de vida se los había pasado luchando contra la injusticia de ser la única mujer en un hogar lleno de hombres. Había comprendido que el único modo de ganarse su respeto era siendo como ellos. Por eso, mientras sus hermanos se marchaban a estudiar fuera y ella estudiaba en casa, había decidido que la única manera de sobrevivir a aquello era convertirse en uno más de los chicos. Así, había conseguido ganarse el respeto de sus hermanos y, al mismo tiempo, el de su padre.

En aquellos momentos, se sentía tan furiosa como lo había estado a la edad de diez años, cuando comprendió que a ella se le negaba el hecho de estar con otras niñas. Por eso, aún le costaba relacionarse con mujeres, estar con ellas. De igual modo que había hecho entonces, se enfrentaría a aquella situación y conseguiría que Gabriele pagara por lo que estaba haciendo. No sabía cuándo ni cómo, pero le haría pagar.

Ni siquiera podía pensar en lo que significaría ser la madre de su hijo. Un niño. Un bebé. Lo único que jamás había pensado que tendría.

Como hasta entonces había tenido la intención de pasarse la vida como una virgen vestal, se había hecho a la idea de que nunca tendría hijos. Sus hermanos siempre le habían dado muchos detalles sobre todas sus conquistas, incluso los detalles más sórdidos. Ella los había escuchado y había notado el evidente desprecio por las mujeres a las que siempre, sin excepción, se referían como rameras.

Cuando cumplió quince años, Elena había asumido que prefería seguir virgen a verse objeto de aquella clase de tratamiento. Jamás permitiría que la trataran como un trozo de carne.

Alguien llamó a su puerta y la sacó de su ensoñación. La abrió y se encontró a Gabriele con una carpeta muy delgada en la mano y la maleta que ella había llevado a la isla en la otra.

—¿Dónde has conseguido eso? —le preguntó ella, muy sorprendida.

—Hice que se la enviaran a mi asistente. Ella me la ha traído en el helicóptero.

—¿Cómo?

—Un oficial de policía muy amable la recuperó. La banda de Carter desarmó los monitores de seguridad antes de que tú llegaras. Lo único que el equipo de seguridad veía en sus monitores eran las imágenes del día anterior. Nadie sabe que tú estabas en la isla y supongo que la banda no lo mencionará a menos que quieran añadir los cargos de retención ilegal e intento de asesinato a su lista.

—¿Me estás diciendo que se van a ir de rositas?

—En absoluto —afirmó él con una sombría expresión en el rostro—. Todos pagarán por ello. Los arrestaron antes de que pudieran marcharse de la isla y todos pasarán una larga estancia en una prisión que hará que en la que yo estuve parezca un campamento de vacaciones escolares –añadió. Entonces, arrojó la carpeta sobre la cama–. Ahí tienes el contrato.

–Veo que no pierdes el tiempo.

–Léelo, fírmalo y después nos podremos marchar.

–¿Ya estamos en Tampa Bay?

–No, pero tú ya has tomado tu decisión, por lo que mi helicóptero nos llevará a tierra firme. Mi asistente y mi abogado están esperando. Ellos actuarán como testigos del contrato.

–No esperarás que lo firme ahora...

–Está escrito clara y concisamente. No tardarás más de cinco minutos en leerlo.

Tras dedicarle una mirada de desprecio, Elena se inclinó sobre la cama y tomó la carpeta. Cuando volvió a girarse hacia él, algo en el rostro de Gabriele la hizo detenerse. Había una expresión en su rostro que nunca había visto antes. Una mirada...

Sintió una extraña sensación en el estómago, que se le extendió por todo el cuerpo. Se había quitado los enormes pantalones en el momento en el que llegó al camarote. Se había inclinado para recoger la carpeta sin darse cuenta de que no llevaba ropa interior...

Gabriele la había visto. Por eso, su respiración se había hecho pesada y los ojos había adquirido la negrura total de la noche.

De repente, tosió y dio un paso atrás antes de sacarse un pequeño tubo del bolsillo.

–Esto es una crema para que te pongas en las muñecas. Debería ayudar a que se te curen. Ahora, te dejaré a solas para que te vistas y leas el contrato –dijo, sin mirarla. Su voz era más profunda de lo habitual–. Enviaré a alguien a buscarte dentro de treinta minutos.

No esperó a que Elena respondiera. Arrojó el tubo sobre la cama y se marchó.

Gabriele se concentró en la conversación con su abogado. Estaban hablando sobre los detalles del contrato que Milo había redactado para él.

Milo sabía bien que no debía tratar de convencer a Gabriele para que se apartara de la ruta que había tomado. Llevaba más de veinte años siendo el abogado de la familia y había poco sobre Gabriele que no supiera. Y Gabriele sentía que Milo no aprobaba nada de lo que estaba haciendo.

En realidad, tanto si Milo lo aprobaba como si no, era irrelevante. En cuanto a Anna María, su asistente, el sueldo que tenía era demasiado alto como para opinar sobre nada. Los dos eran las únicas personas que sabían la verdad y tenía la intención de que así siguiera siendo. Para el resto del mundo, en especial para Ignazio, aquella boda sería real.

Supo que Elena había llegado cuando abogado y asistente se pusieron de pie. Inmediatamente, Gabriele recordó la imagen que llevaba tratando de reprimir los últimos treinta minutos. El suave contorno inferior del trasero de Elena, blanco, suave, perfecto. El modo en el que se oscurecía en la base de la curva para mostrar la promesa de su feminidad. Una mirada había bastado para que se le acelerara el pulso y el deseo se extendiera por todo su cuerpo. No había tenido una reacción tan visceral con una mujer desde la adolescencia.

Tras adoptar una expresión de neutralidad en el rostro, se giró para mirarla. Ella estaba de pie junto a su silla. Se había puesto un par de pantalones largos, de corte masculino, con una camiseta blanca. Llevaba el cabello recogido.

Gabriele realizó las presentaciones. Ella les dio la mano antes de dedicarle a él otra de las miradas a las que Gabriele ya se estaba acostumbrando. Esperó a que Milo y Anna María se marcharan y los dos estuvieran solos para decir:

—Esa no es la clase de saludo que un hombre espera de su prometida cuando está delante de la gente.

—Pues acostúmbrate.

—No espero que goces con mi compañía, pero cuando estemos en la de otros, espero que me trates con respeto y adoración. Y eso va a empezar inmediatamente.

—¿Adoración? —bufó ella mientras se sentaba frente a él y cruzaba las piernas.

—¿Has leído el contrato? Lo detalla claramente.

Elena apartó la mirada y se aclaró la garganta. Por supuesto que lo había visto.

—Mientras solo esperes adoración en público... En privado de ninguna manera.

—No esperaría que fuera de otra manera —replicó él con ironía—. ¿Tienes alguna pregunta sobre el contrato?

—Lo de cómo vamos a dormir...

—Eso no es negociable —dijo él antes de que ella pudiera proseguir—. Mientras dure nuestro matrimonio, será tradicional con el objetivo de engendrar un hijo.

—Podemos usar la inseminación artificial... —sugirió ella a la desesperada.

Gabriele se echó a reír.

—No. Engendraremos un hijo a la manera tradicional. El mundo creerá que nuestro matrimonio es real. Dada la historia entre nuestras familias, nuestro matrimonio generará muchas especulaciones en los medios de comunicación. Nuestros empleados se verán asediados y se les ofrecerá dinero para que hablen. Por eso, dormiremos juntos. No hay más que hablar.

Elena cerró los ojos y deseó poder encontrar el modo

de escapar de aquella pesadilla en la que se encontraba. El contrato era tan conciso como Gabriele le había prometido, pero ver los términos escritos tan claramente le hizo desear que hubiera habido las típicas legalidades para suavizar el impacto.

Los trámites de divorcio se verán iniciados por Elena Ricci solo cuando se haya conseguido concebir un hijo y, en consecuencia, Gabriele Mantegna realizará los trámites de divorcio sin mayor dilación.

A continuación, venían las largas cláusulas sobre la custodia del niño. En ellas se especificaba que, aunque la custodia fuera conjunta, Gabriele tendría todos los derechos en lo que se refería a la educación académica y moral del niño. Había incluido todas las exigencias de Elena, pero especificaba que la familia de ella no debía tener contacto alguno con el niño. Si así fuera, todos los derechos referentes a la custodia se verían revocados y Gabriele se convertiría en el único tutor.

El hecho de que fuera capaz de utilizar a un niño inocente como un peón en aquel juego de venganza la enfurecía. ¿Qué clase de monstruo sería capaz de eso?

Por otro lado, nunca antes había compartido la cama con nadie. Pensar en que iba a hacerlo con un hombre tan masculino como Gabriele, que estaría bajo la misma sábana con él...

—Las pruebas contra mi padre. Las quiero destruidas ahora, no cuando nos divorciemos.

—No. Si las destruyo ahora, no habrá nada que te detenga a la hora de echarte atrás en nuestro acuerdo.

—¿Acaso no te basta con mi palabra?

—Eres una Ricci —respondió él con una carcajada—. Tu palabra es tan útil como una tetera de chocolate. ¿Alguna cosa más sobre el contrato?

–El contrato entero.

–Me refiero a algo más específico.

–Todo el contrato me parece mal, pero no, no hay nada específico.

–Excelente. En ese caso, firmemos para que podamos empezar nuestra vida juntos.

El helicóptero los llevó directamente al aeropuerto, donde el avión privado de Gabriele ya los estaba esperando. No pasó mucho tiempo antes de que estuvieran ya volando en dirección a Nueva York.

–¿Por qué vamos a Nueva York? –preguntó Elena. Había dado por sentado que irían a la casa que Gabriele tenía en Italia.

–Porque nos vamos a casar allí dentro de un par de días.

–¿Tan pronto?

–Prepararemos todos los papeles el lunes y nos casaremos el martes –dijo Gabriele. Al escuchar sus palabras, Elena tragó saliva. Todo iba demasiado rápido–. Cuando nos hayamos casado, iremos a Florencia. Voy a lanzar un nuevo modelo de coche dentro de un mes y necesito estar en la sede central.

–Pensaba que la sede central de Mantegna estaba en los Estados Unidos...

–Florencia es el lugar en el que nacieron los coches Mantegna y siempre ha sido nuestra sede central. A mis padres les gustaba mucho vivir en los Estados Unidos, pero cuando estaban a punto de jubilarse, decidieron que volverían a Italia. Como ya sabes, mi padre no lo consiguió. Mientras estaba en la cárcel, tomé la decisión. Florencia es el lugar donde está mi hogar ahora y ha vuelto a ser la sede central de la empresa. Tal vez –añadió, con un extraño brillo en los ojos–, cuando llegue el lanzamiento, tú podrías tener la semilla de la vida creciendo dentro de ti...

–Sin embargo, la pesadilla aún no habrá terminado, ¿verdad? Un hijo me atará a ti durante el resto de mi vida...

–Mientras mantengas tus obligaciones contractuales, el contacto entre nosotros cuando nos separemos será mínimo.

–Sería preferible que no hubiera ningún contacto.

Con eso, Elena apretó los labios y se puso a mirar por la ventana. Cuando volvió a mirar a Gabriele unos minutos más tarde, vio que él se había quedado dormido. Le sorprendía que la conciencia le permitiera dormir. Sin embargo, suponía que para ello uno debía tener conciencia, algo de lo que él carecía por completo.

Se pasó la mano por el rostro y luego reclinó un poco el asiento para poder descansar un rato. Podría ir al dormitorio, tal y como Gabriele le había ofrecido, pero aún no estaba dispuesta a meterse entre las sábanas de ninguna cama en la que él hubiera podido dormir. Todavía no.

La azafata le llevó una taza de café y un plato de deliciosos bocadillos. Mientras los consumía, no podía apartar la mirada de Gabriele.

Era la primera vez que tenía oportunidad de estudiarlo sin que él se viera observando. Decían que el diablo adoptaba formas muy sugerentes para atrapar a los mortales y, en el caso de Gabriele, era cierto. Era guapo. Verdaderamente guapo. Un hombre cuya belleza parecía emerger de la impenetrable oscuridad que no solo lo rodeaba, sino que vivía dentro de él.

Gabriele entró en el ático que había comprado hacía un año, cuando salió de prisión. Era amplio y luminoso, el antídoto perfecto de la pequeña celda en la que había vivido dos años. Por suerte, su abogado había conseguido que su compañero de celda fuera un delincuente de guante blanco, como él. Sin embargo, no por ello había dejado de ser una cárcel.

Elena entró detrás de él y se dirigió inmediatamente al ventanal desde el que se divisaba Central Park.

—Esto debió de costarte una fortuna.

—Así es –dijo–. Ven. Te lo enseñaré.

Con evidente desgana, Elena se apartó de la ventana y fue tras él.

—Esta es la cocina –anunció él mientras abría la puerta que quedaba al otro lado del ascensor–. Mis empleados tienen el fin de semana libre, así que podrás instalarte con intimidad. Sin embargo, este es el dominio de Michael y Lisa. Esa puerta de allí son sus habitaciones.

—¿Sabes cocinar? –le preguntó ella.

—Muy mal. ¿Y tú?

—También muy mal.

Los dos se miraron durante un instante. Gabriele estuvo seguro de que Elena estaba tratando de sonreír.

—He hecho reservas en Ramones para que no tengamos que morirnos de hambre en su ausencia.

—Entonces, ¿esta noche vamos a cenar fuera?

—Cuanto antes nos vean en público, mejor. Ramones es el lugar perfecto. Siempre hay periodistas a la puerta.

—Debería llamar a mi padre...

—Mañana.

—No quiero que vea las fotografías antes de que se entere de... lo nuestro.

—Tú decidiste hacer un viaje de última hora a Nueva York. Nos encontramos y decidimos salir a cenar para enterrar el hacha de guerra –dijo él recordándole lo que habían acordado decir–. Se lo puedes contar mañana.

—No me puedo creer que voy a mentir a mi propio padre.

—Esto tiene que ser creíble, Elena. Si insinúas que lo

nuestro no es real, daré el acuerdo por terminado y llevaré las pruebas al FBI.

Gabriele la hizo salir de la cocina y se puso a enseñarle el resto de la casa.

–Habitación de invitados, habitación de invitados, habitación de invitados... Nuestra habitación –anunció. Entró y abrió una puerta–. El cuarto de baño –dijo. Abrió otra–. Mi vestidor –añadió, abriendo otra más–. Y el tuyo....

Elena se asomó y asintió, pero no dijo nada.

–Me voy a dar una ducha. Todas las habitaciones de invitados tienen su propio cuarto de baño, si quieres asearte un poco. Me temo que cuando compré este ático no lo hice con una esposa en mente, porque si no hubiera puesto dos cuartos de baño. ¿Podrás estar lista dentro de un par de horas?

Ella asintió de nuevo.

–Bien. Si necesitas algo, dímelo.

–Lo único que necesito es que admitas que te equivocaste conmigo y con mi padre y dejes que me marche.

–Tenías razón. Tienes un extraño sentido del humor...

Elena se preparó en la habitación de invitados tratando de no imaginarse en todo momento a Gabriele desnudo en la ducha. Terminó bastante antes que él, por lo que aprovechó la oportunidad para explorar el apartamento un poco más.

Como había crecido rodeada de riqueza, la opulencia que la rodeaba no la sorprendía, pero tuvo que reconocer que Gabriele parecía tener buen gusto. Todos los muebles resultaban majestuosos, pero conseguían ser cómodos y exquisitos al mismo tiempo. Además, era como estar en una galería de arte. De las paredes colgaban pinturas muy surrealistas.

Uno en particular le llamó la atención. Se trataba de un retrato de un hombre. Si se miraba más de cerca, se podía ver que sus rasgos estaban formados por frutas y verduras...

–¿Te gusta?

Estaba tan absorta mirando el cuadro que no se había dado cuenta de la llegada de Gabriele.

–Es magnífico. ¿Es un Giuseppe Arcimboldo?

–¿Lo reconoces? –preguntó él con un cierto tono de aprobación.

–Sí. Me encanta su trabajo. Resulta alocado e ingenioso a la vez. Podría mirarlo durante horas.

–Ese es solo una reproducción, pero en mi casa de Florencia tengo un par de pinturas originales.

Un pequeño escalofrío recorrió la espalda de Elena al pensar en Florencia. Italia era su hogar. También el lugar de procedencia de Gabriele. Sus respectivas familias eran muy conocidas allí y temía pensar el revuelo que la noticia de la boda provocaría en su país natal.

–¿Te vas a cambiar? –le preguntó él–. Tenemos que marcharnos pronto.

–Ya me he cambiado.

–No pensarás salir así, ¿verdad? –dijo él con incredulidad.

–¿Y qué tiene de malo?

Como solo había preparado ropa para el fin de semana, Elena se había puesto la que había tenido la intención de ponerse cuando regresara a Europa: un traje azul marino con una blusa blanca de cuello alto y un par de bailarinas negras.

–Parece que vas a una reunión de negocios. ¿No tienes otra cosa que ponerte? ¿Algo un poco más femenino?

Elena frunció el ceño.

–Esto es con lo que me siento cómoda. Toda la ropa que tengo es igual. Trajes de pantalón.

–¿Y cuando no trabajas?

–La ropa no me interesa.

–Ahora sí va a interesarte –afirmó él–. Estate quieta un momento.

A pesar del ardiente escrutinio al que él la estaba sometiendo, Elena mantuvo la cabeza bien alta y se preguntó a qué venía tanto alboroto. La ropa era solo ropa. Tan solo servía para proteger de los elementos y, en un ambiente de trabajo, proporcionar una imagen más profesional. Todo lo demás era superfluo.

–Sácate la blusa del pantalón –le ordenó Gabriele. Ella hizo lo que él le había pedido, aunque no entendía lo que estaba pensando–. Ahora, átatela alrededor de la cintura.

Al ver que ella lo miraba con perplejidad, Gabriele suspiró y le sacó la blusa del pantalón para después desabrocharle los dos botones inferiores.

–¿Qué estás haciendo? –le espetó ella dando un paso atrás.

–Darte una apariencia menos elegante. Ahora, átatela con un nudo y desabróchate los tres botones superiores. A menos que quieras que lo haga yo...

–Si me vuelves a tocar, te daré un puñetazo en la nariz.

Gabriele la miró muy sorprendido, pero no permitió la compostura.

–Dentro de unos minutos vamos a aparecer en público. Tienes que sentirte cómoda con el contacto de mis manos si vamos a convencer a tu padre y al mundo de que nos hemos enamorado locamente.

–Dudo que una década de matrimonio pudiera conseguir que yo me sintiera cómoda con el hombre que quiere destruir a mi familia...

–Pues tendrás que fingir.

Gabriele estaba tan cerca de ella que su presencia le resultaba muy amenazadora. Rápidamente hizo lo que él le había pedido.

–¿Algo más? ¿Quieres que me trasplante el rostro?

–Te vendría bien un buen corte de pelo, pero como tampoco tenemos tiempo para esto, recógetelo en la nuca o suéltatelo. Las coletas son para las colegialas. Y bájate un poco los pantalones para que se asienten en las caderas en vez de en la cintura.

Cuando hizo todo lo que Gabriele le había pedido, Elena se colocó las manos en las caderas.

–¿Estoy presentable ahora?

–Remángate los pantalones un par de centímetros.

Ella lo miró atónita, pero no protestó. Se agachó y se remangó un poco los pantalones, de manera que se le vieran los tobillos.

–¿Tienes otros zapatos?

–Unas deportivas.

–En ese caso tendrás que ir así, pero a primera hora de la mañana vamos a ir de compras.

–Tú no eliges lo que me pongo.

–No lo creería necesario si no tuvieras un gusto tan malo. Te vistes como un hombre.

–Eso no es cierto.

–No vistes como una mujer. Personalmente, no me importa lo que te pongas, pero se supone que eres una mujer enamorada. Las mujeres enamoradas se enorgullecen con su aspecto y con la ropa que se ponen.

–¿Sí?

–Sí. ¿Es que no has tenido ninguna relación antes?

–Tengo veinticinco años –replicó ella, evadiendo la respuesta. No pensaba admitir bajo ningún concepto que nunca antes había tenido una cita. No era asunto suyo.

Aunque hubiera tenido deseos de tenerla, no había habido oportunidad. Al educarse en casa y tener a sus tres hermanos de carabina, no había sido posible. Cuando tuvo la edad suficiente, decidió prescindir de los hombres de por vida. Sabía todo lo que había que saber de

los hombres y cómo trataban sus hermanos y los amigos de estos a las mujeres con las que estaban y cómo
hablaban de ellas a sus espaldas. Eran unos cerdos.
Como todos los hombres.

–Si no me siento cómoda con lo que llevo puesto, no
creo que pueda fingir estar enamorada.

Gabriele la miró durante un momento y asintió.

–Está bien. Puedes elegir tu ropa mientras quemes la
que ya tienes.

–La guardaré para el día en el que tomemos caminos
separados.

–Ya sabes lo que tienes que hacer para que se acer-
que ese día.

Elena se sonrojó, pero no bajó la mirada.

–Tal vez te canses de vivir conmigo y decidas termi-
narlo tú antes de que se conciba el bebé.

Gabriele se encogió de hombros.

–Me he pasado dos años en la cárcel por un delito
que no cometí. En ese espacio de tiempo, murió mi
padre y la salud de mi madre se ha deteriorado. Cada
día que pasemos juntos, es un día de purgatorio para tu
padre. No tengo límite de tiempo.

Por primera vez, las dudas se apoderaron de ella. ¿Y
si estaba diciendo la verdad?

Descartó aquella pregunta en cuando se le ocurrió.
Podría ser que sus hermanos fueran unos cerdos, pero
su padre no había sido así. Su padre nunca hubiera tendido una trampa a Alfredo. Habían sido amigos toda una
vida...

A pesar de todo, cuando se marcharon del apartamento
unos instantes después, tenía una extraña sensación en el
estómago, diferente a las náuseas que sentía por el trato
que estaba firmando con el mismísimo diablo.

Capítulo 5

RAMONES era un pequeño restaurante en Times Square. Tal y como Gabriele le había prometido, los periodistas estaban siempre esperando en la puerta. Cuando entraron, Elena comprendió por qué.

–¿Es ese Gary Milwake? –susurró mientras pasaban junto a una mesa en la que charlaba afablemente una pareja.

–Sí. Y la que está con él es Serafina de Angelo.

Los dos eran actores muy famosos.

–Pues te están saludando –dijo ella con incredulidad.

–Es que Gary es amigo mío. Condujo un Mantegna en su última película y yo le acompañé para que lo probara.

Elena se sentó y trató en vano de no sentirse demasiado emocionada por el resto de rostros familiares. Mientras Gabriele pedía el vino, ella no podía dejar de mirar a su alrededor. Vio a una cantante que estaba cenando con un hombre al que Elena no reconoció, pero que, con toda seguridad, no era su pareja. Expresó su asombro.

–Cenar aquí garantiza la publicidad –comentó Gabriele mientras abría el menú–. Mañana Internet bullirá con los cotilleos sobre ella. Eso es lo único que importa. La publicidad.

–Qué sórdido...

Gabriele se encogió de hombros.

–Para ellos es un negocio. Ahora, deja de mirar a todo el mundo y mírame a mí con adoración.

–Si esta es nuestra primera cita, no es necesario –le

contradijo ella–. Esta es la noche en la que jugamos a co-
nocernos, ¿te acuerdas?

–Tienes razón. Sin embargo, incluso en una primera
cita, las parejas que se sienten atraídas se inclinan el
uno sobre el otro y hablan con una cierta intimidad. No
se pasan el tiempo mirando a los famosos.

Elena sonrió y trató de pestañear.

–Nunca he conocido a un famoso.

–Tu familia siempre se ha relacionado con las celebridades. Y parece que tienes algo en el ojo.

–Estoy tratando de mirarte con adoración...

–Lo único que tienes que hacer es inclinarte hacia
mí y recordar que, digas lo que digas, debes hacerlo
con una sonrisa en el rostro.

Elena apoyó los brazos sobre la mesa y se inclinó
hacia él con una resplandeciente sonrisa.

–¿Así mejor, canalla?

Gabriele repitió los mismos gestos que ella y, con
idéntica sonrisa, replicó:

–Es un comienzo, víbora.

–¿Es eso lo mejor que puedes hacer? Mis hermanos
me han llamado cosas mucho peores.

–Han tenido muchos más años de práctica. Mírame
–añadió cuando ella se vio distraída por la presencia de
otra estrella de la pantalla.

–Lo siento.

–¿Cómo puede sorprenderte tanto la presencia de
famosos cuando tu familia se ha relacionado siempre
con celebridades?

–Te refieres a mi padre y a mis hermanos. Te olvidas
que yo me encargo de la división en Europa. No tengo
nada que ver con lo que ocurre en los Estados Unidos
ni el resto del mundo.

–¿Y eso ha sido por elección propia?

–Empecé a trabajar en Roma y luego, gradualmente,

fui haciéndome con toda Italia y después el resto de Europa.

–Nepotismo en su mejor expresión.

–Tiene gracia que eso me lo diga un hombre que hizo lo mismo en su empresa familiar.

–La diferencia es que yo he ampliado lo que ya teníamos. Cuando empecé a trabajar para mi padre, teníamos un volumen de ventas de mil millones de dólares. Al cabo de cinco años, esa cifra se había triplicado por la diversificación que yo había implementado.

Elena dejó de sonreír al tratar de pensar lo que ella, personalmente, había hecho para aumentar los beneficios de la empresa de su padre. No se le ocurrió nada.

–En estos momentos, somos uno de los fabricantes de coches más importantes del mundo –añadió–, a pesar del varapalo que nos supusieron las mentiras de tu padre.

Elena no pudo evitar mirarle con desprecio. Tuvo que esforzarse mucho para volver a sonreír. Por suerte, el camarero regresó con el vino. Después de que sirviera las copas, Gabriele levantó la suya para brindar.

–Por el inicio de una maravillosa relación y por el nepotismo en estado puro.

Elena brindó y sonrió.

–Yo brindo por la venganza, que todo el mundo sabe que se sirve mejor fría.

–Yo prefiero servirla caliente, pero servirla fría me parece igual de bien para mis necesidades.

Los dos bebieron con mutua antipatía a pesar de las sonrisas. Los dos reflejaban hielo y odio en sus miradas.

«Menuda manera de empezar una relación», pensó Elena.

Gabriele se sorprendió disfrutando de la comida más de lo que había pensado. Se había tenido que reír en varias ocasiones por las puyas de Elena, que ella acompañaba siempre con una dulce sonrisa.

Habían regresado ya al apartamento y Elena había dejado de fingir la relajación del restaurante. Se sentía tan tensa como un muelle.

En cuanto entraron por la puerta, ella se volvió y le espetó:

—Esta noche no pienso compartir la cama contigo. El contrato especificaba que compartiríamos la cama y... —susurró, sonrojándose— y que haríamos lo que hay que hacer cuando uno está casado. Aún no lo estamos. Tus empleados tienen libre el fin de semana, así que no tenemos que convencer a nadie de que existe un romance en ciernes entre nosotros.

—Si alguien duerme en la habitación de invitados, lo sabrán.

—No me importa. No todo el mundo se acuesta en la primera cita. Darán por sentado que, al menos yo, tengo algo de moralidad.

—¿Qué es lo que quieres decir con eso?

—Quiero decir que trabajan para ti, así que dudo que asocien la moralidad contigo o con los que tú llamas amigos. Recuerda que eres un delincuente...

—¿Estás tratando deliberadamente de enojarme? —le preguntó él lentamente mientras trataba de contenerse.

—¿Por qué? ¿Porque digo la verdad? Oh, lo siento... Se me había olvidado que creías que mi padre era el delincuente.

Gabriele contó en silencio hasta diez y miró fijamente a la mujer que se atrevía a hablarle de moralidad. Elena no bajó los ojos. Se mantuvo firme y levantó la barbilla. Solo sus ojos reflejaban una cierta vulnerabilidad. Estaba allí, mezclándose con el desafío y la furia que le recorría a él el cuerpo. En aquella relación no había lugar para la piedad. Sin embargo, por mucho que él no quería ponerse en el lugar de Elena, podía comprender perfectamente por qué ella se sentía tan vulnerable.

–Esta noche puedes dormir en la habitación de invitados –accedió–. Ha sido un día muy largo para los dos. Sin embargo, mañana dormirás conmigo.

–Pero no habrá sexo hasta que estemos casados.

Gabriele le dedicó una lenta y deliberada sonrisa.

–Para eso solo faltan tres días. Tres días hasta que te conviertas en la señora Mantegna y me des la bienvenida a tu delicioso cuerpo con los brazos abiertos.

–¿Bienvenida? No lo creo.

–¿Esperas que me crea eso cuando he visto cómo me desnudas con los ojos? Admítelo. Existe atracción entre nosotros. Admito que es inexplicable, pero sigue estando ahí de todos modos.

Elena se sonrojó y dejó así que Gabriele supiera que había dado en el blanco. Cuando le exigió que le diera un hijo, había expresado sus deseos más íntimos. Quería tener descendencia, pero no el compromiso que ello conllevaba. A su parecer, aquella era la solución perfecta.

A pesar de que ella iba vestida de un modo horrible, incluso con las mejoras que él le había hecho, no podía dejar de pensar en aquel trasero desnudo. Eso, unido al hecho de que ella se enfrentaba al fuego con fuego, todo conspiraba para conseguir que el vientre se le tensara de un modo que tenía ya prácticamente olvidado.

Elena Ricci era lo opuesto a lo que solía encontrar atractivo en una mujer. Sin embargo, había algo en ella que...

–Lo único a lo que daré la bienvenida será cómo golpearé a tu ego cada vez que recuerdes que solo has podido poseerme por medio de un chantaje.

–En ese caso, me aseguraré de disfrutar al máximo cada vez que haga que te corras.

Elena se sonrojó vivamente.

–Eres un grosero y no un caballero –dijo. Se dio la vuelta y se dispuso a marcharse del salón–. Me voy a la cama –añadió por encima del hombro–. Buenas noches.

–Elena...

–¿Qué?

–La próxima vez que trates de despertar mi ira para mantenerme alejado de tu cama, quiero que sepas que estarás desperdiciando tus esfuerzos. Otra excusa más y romperé el contrato antes de arrojar a toda tu familia a los lobos.

Elena se marchó del salón sin mirar atrás.

Ella se levantó temprano, poco después de que saliera el sol, tras una noche de insomnio y escaso descanso. Se dirigió a la cocina aún vestida con el pijama. Allí se encontró a Gabriele. Él ya se había duchado y se había vestido. Incluso había salido a comprar rosquillas para desayunar.

–¿Rosquillas para desayunar? –musitó ella mientras se sentaba a la mesa. Se sentía algo incómoda con su cabello revuelto y su atuendo.

–¿No vienes mucho a Nueva York?

–No. Solo es la segunda vez.

Gabriele la miró fijamente, haciendo que ella se sintiera aún más incómoda. Cuando la miraba así, era como si quisiera descubrir sus más oscuros pensamientos. Nadie la había mirado nunca de aquel modo.

Después de un largo silencio, roto tan solo por el suave sonido que ella hacía al masticar la rosquilla de beicon y queso. Cuando terminó, se excusó para irse a dar una ducha.

–Nos marcharemos en cuanto estés lista –le dijo él

antes de que saliera de la cocina–. Vas a ir a comprarte
un guardarropa nuevo y a darte un cambio de imagen.
Te he reservado cita con una estilista.

–¿No vas a acompañarme como un policía a ver qué
es lo que me compro?

–No. Tu estilista te ayudará a seleccionar ropa con la
que te encuentres cómoda. Yo me marcho a mi despacho.

–Es domingo... Se avecinan tiempos muy ajetreados
–respondió él encogiéndose de hombros–. Tengo que hacer algunas cosas antes de que nos marchemos a Florencia
y no tendré oportunidad de hacerlo después de hoy.

Dos horas más tarde, entraron en una exclusiva tienda
de la Quinta Avenida. Como había dormido tan mal,
Elena era consciente del aspecto tan cansado que tenía.
Incluso su cabello, que ya era bastante lacio en las mejores ocasiones, se mostraba completamente carente de
vida.

Cuando la estilista, una mujer alta de aspecto inma-
culado se dirigió hacia ella con la mano extendida,
Elena se sintió muy insegura.

Gabriele la saludó como si fuera una vieja amiga
dándole un beso en cada mejilla.

–Te dejo en las capaces manos de Liana, tesoro –le
dijo a Elena en tono afectuoso.

¿Significaba eso que habría llevado allí a más mujeres?

La extraña sensación que experimentó en el estómago desapareció cuando él la tomó entre sus brazos y
le dio un suave beso en los labios.

Fue el más breve de los besos. Completamente in-
sustancial. Sin embargo, suficiente para que el corazón
de Elena cobrara alas.

Gabriele se apartó y le frotó cariñosamente los brazos.

–Tendré el teléfono encendido si me necesitas. Si no
tengo noticias tuyas, vendré a recogerte a las cuatro.

Elena se había quedado tan atónita tras sentir la boca de Gabriele sobre la suya que no hacía más que responder con voz débil.

–De acuerdo...

Observó cómo él se marchaba, sin poder evitar mirarle el trasero, embutido en un par de vaqueros negros muy ceñidos, que enfatizaban la longitud y la firmeza de sus músculos.

Se clavó la uña del dedo corazón en la yema del pulgar. Eso era lo que ocurría cuando no se dormía bien. El cuerpo reaccionaba de una manera imprevisible cuando el monstruo con el que se veía obligada a casarse la besaba.

Se dijo que no había estado preparada y que la próxima vez lo estaría.

Liana la acompañó hasta un ascensor mientras le hacía preguntas sobre su estilo de música, los libros y las películas que le gustaban. Parecían preguntas inocuas, pero Elena estaba segura de que tenían su significado. La estilista estaba tratando de averiguar cómo era.

Cuando llegaron a la planta a la que se dirigían, Elena ya no se pudo contener más.

–¿Ha vestido a muchas amigas de Gabriele?

–Trajo a su madre en Navidad.

Liana utilizó un tono de voz tan compasivo que provocó intranquilidad en Elena, haciendo que ella se preguntara qué tenía la madre de Gabriele para provocar ese tono.

Cuando llegaron a la planta requerida, Liana sabía ya exactamente dónde llevarla. Elena la siguió y pasaron junto a dos mujeres, una de las cuales tenía un bebé en brazos. Elena se volvió a mirarla durante un instante. El corazón le latía con fuerza en el pecho.

Ella iba a tener un hijo muy pronto. La única cosa que jamás se había permitido soñar que tendría. Sin embargo, para lograr ser madre, tendría que tener relaciones sexuales con Gabriele. Que Dios la ayudara. Y Dios la ayudó provocándole un calor líquido en el vientre, lo que le ocurría cada vez que lo imaginaba.

Liana la llevó a un probador privado y le llevó toda clase de ropa, desde elegantes trajes de chaqueta hasta vestidos de cóctel

A pesar de que al principio se mostró reacia a probarse nada, pronto descubrió que se estaba divirtiendo. Además, la ropa que Liana había elegido para ella era de su gusto. Nada demasiado recargado, pero sí muy femenino.

La única vez que deseó negarse a seguir fue cuando Liana apareció con una ropa interior muy sexy. Como sabía que no podía negarse para seguir pareciendo una mujer enamorada, convenció a Liana para poder probársela todo a solas. Cuando se quedó a solas, se miró en el espejo y estudio su rostro.

Ciertamente, parecía que algo había cambiado. Su piel parecía más lustrosa y el verde de los ojos más brillante. Incluso sus labios parecían más gruesos.

Se dijo que tenía que ser la luz. Comenzó a probarse los sujetadores y se sorprendió al ver que, incluso sus pechos parecían más rotundos. El encaje los juntaba y hacía que tuviera incluso canalillo.

Sin poder evitarlo, se imaginó en la cama con Gabriele y el pensamiento la aterrorizó. Debería hacer que sintiera incluso repugnancia. Después de todo lo que él estaba haciendo, todo lo que le estaba exigiendo, pensar en compartir la cama con él debería provocarle una profunda repulsión.

Lo que sentía en el estómago no debería parecerse más a excitación...

Se imaginó a Gabriele quitándole aquel sujetador...

No debería tener aquellos pensamientos. Y mucho menos con él.

Cuando le entregara su cuerpo, la interacción sería mínima por su parte. Haría lo que tendría que hacer y nada más. No disfrutaría lo más mínimo.

De repente, su teléfono empezó a sonar, una distracción que agradeció hasta que vio que se trataba de un enlace que Gabriele le enviaba por correo.

Se había publicado una fotografía de ellos a la salida de Ramones. A Elena se la había etiquetado como «la misteriosa acompañante del semental italiano».

Se habían plantado las primeras semillas de ambos como pareja. Su identidad se revelaría tarde o temprano. En Estados Unidos prácticamente nadie la conocía, pero solo con que alguien de Italia leyera el artículo, todo el mundo sabría quién era.

Tendría que llamar a su padre en cuanto llegara al apartamento de Gabriele, un pensamiento que le encogió aún más su ya delicado estómago.

No tuvo tiempo para preocuparse al respecto porque llegó el momento de su cambio de imagen. Liana la persuadió para que se pusiera uno de sus nuevos atuendos y la llevó al departamento de Belleza, donde la condujeron a una cabina privada. Allí, un hombre muy excesivo en todo llamado Adrian, que tenía las cejas más perfectamente depiladas que Elena había visto nunca en un hombre, la hizo sentarse en una silla y estudió su rostro.

–¡Qué ojos! –exclamó–. Son para morirse. ¿Y los labios son naturales?

–Sí...

–¿No te has hecho nada en ellos?

–No.

Adrian suspiró.

–Una belleza natural. Tu rostro es para mí como un lienzo en blanco. Primero... –dijo tomando un mechón del lacio cabello–, haremos algo con esto.

Durante la siguiente hora, le lavaron el cabello, se lo

cortaron... Adrian no le permitió ver el resultado. Le explicó que querían que se viera entera, de una sola vez. A continuación, se puso a trabajar en su rostro. Cuando terminó, Adrian le tomó la mano y la condujo a un espejo de cuerpo entero para que pudiera ver el resultado final.

–¿Qué te parece? –le preguntó con una amplia sonrisa.

Elena se miró. Sintió que se le formaba un nudo en la garganta... Era ella, pero no se reconocía...

Su cabello jamás había tenido tanto volumen. El severo flequillo que ella se cortaba sola cuando el cabello le crecía demasiado había sido desfilado. Le habían hecho capas, que le caían sobre los hombros y le enmarcaban el rostro, un rostro que le pertenecía a ella, pero que Elena no había visto nunca antes.

Lejos de parecer un payaso tal y como se había temido, Adrian le había dado un aspecto elegante y sofisticado. Los ojos relucían, delineados en negro. Se le había aplicado colorete en las mejillas y en la boca un lápiz color melocotón que le daba un aspecto muy natural, pero al mismo tiempo hacía que pareciera que sus labios eran mucho más gruesos. Resultaba increíble...

–¿De verdad soy yo? –susurró. Los ojos se le habían llenado de lágrimas. Jamás se había imaginado que podría resultar tan atractiva ni, sobre todo, que se pudiera sentir tan femenina.

Adrian le rodeó los hombros con el brazo y la estrechó contra su cuerpo.

–No llores... Si no te gusta podemos quitarlo y probar otro...

–No –le interrumpió ella con una risa ahogada–. Claro que me gusta. Me encanta. Has hecho un milagro conmigo.

–Elena, tienes un rostro exquisito... ahora, quiero que me prometas una cosa.

–Si puedo...

–Utiliza siempre colorete.

Elena se echó a reír y lo abrazó con fuerza.

–Gracias.

Le habían preparado toda suerte de cosméticos y de cremas para el rostro, junto con su nuevo guardarropa. Su día de compras había terminado y había llegado el momento de pagar la cuenta. Elena sacó su tarjeta de crédito.

Liana negó con la cabeza.

–El señor Mantegna se hará cargo de la factura.

Elena estaba a punto de protestar, pero se imaginó a Gabriele recibiendo la factura. Él era quien había insistido en darle una nueva imagen. Pues que pagara la cuenta.

Había llegado el momento de enfrentarse con él.

Mientras Liana la acompañaba a la salida, notó que la gente se volvía para mirarla... Tuvo que contenerse para no mirar al suelo por la vergüenza. La gente nunca se volvía para mirarla...

–Una cosa más –le dijo Liana mientras se detenía junto a la sección de gafas de sol. Las miró durante un instante y eligió un par, que le entregó a Elena en una caja de Cartier–. Para cuando tenga que enfrentarse a los paparazzi.

Elena le dio las gracias y las puso en la bolsa en la que llevaba los cosméticos. A pesar de que no dejaba de decirse que no le importaba lo que Gabriele pensara de su cambio de imagen, sintió que el corazón se le salía del pecho cuando Liana abrió la puerta de la sala de espera y Gabriele levantó la vista del ordenador en el que estaba trabajando.

Él abrió los ojos de par en par al verla. Hizo ademán de levantarse y el portátil estuvo a punto de caérsele al suelo.

Después de seis horas allí metida, Gabriele había esperado que Elena ciertamente saliera mejor de lo que había entrado. Sin embargo, nada podría haberle preparado para la belleza que acababa de entrar en la sala.

Llevaba un par de pantalones vaqueros muy ceñidos que le llegaban hasta debajo de la pantorrilla, con una camiseta plateada debajo de la cual se veían los tirantes de un sujetador morado. La ropa no era nada del otro mundo, pero iba acompañada de una bisutería muy bonita, botines por los tobillos y peinado que parecía sugerir que acababa de levantarse de la cama...

Seguía siendo la Elena de siempre, pero con un toque muy femenino y distinto. La oruga se había transformado por fin para dar paso a una hermosa mariposa. Y él iba a casarse con aquella mujer tan hermosa y sensual dentro de dos días.

Consciente de que tanto ella como Liana estaban esperando su reacción, cerró el ordenador y se puso de pie.

—Tesoro... Estás maravillosa —dijo—. ¿Has pasado un buen día?

—Perfecto, gracias —replicó ella con una dulce sonrisa que no engañó a Gabriele ni por un instante.

—Te lo mereces. Trabajas tanto...

Después de organizar que le enviaran todas las compras a su apartamento, Gabriele condujo a Elena al exterior de la tienda y al coche que los esperaba en el exterior.

Cuando se hubieron acomodado en el interior y el chófer arrancó el coche para avanzar por el pesado tráfico de Manhattan, Gabriele se giró para volver a mirar a Elena.

La inesperada pero agradable noticia de que un colaborador muy cercano a Ignazio podría ser comprado pasó a ocupar el segundo lugar por la mujer que tenía ante sí.

Tenía las mejillas sonrojadas y los ojos brillantes.

—Veo que has disfrutado —afirmó él.

—Sí —admitió Elena—. Nunca me había dado cuenta de que ir de compras podía ser tan divertido.

—¿Y cómo te sueles comprar la ropa?

—Entro y salgo de la tienda esperando que lo que he elegido me siente bien.

—Eres la hija única de una familia con tres hijos. ¿Por qué no te vestías como una princesa?

—Siempre quise ser un chico como mis hermanos. Odiaba que ser una chica me hiciera ser diferente.

—¿Por qué te hacía ser diferente?

Elena puso una cara que parecía expresar que él era un idiota por preguntar.

—Yo no tengo hermanos —le recordó él—. Todos mis primos son chicos.

—Bueno, se suele considerar a las chicas más delicadas que a los chicos. Más débiles. Más propensas a llorar.

—Bueno, creo que lo de llorar es verdad... —comentó él mientras Elena contenía la respiración para mostrar su desacuerdo—. Sin embargo, en lo de ser más delicadas... Eso son tonterías. Las mujeres son diferentes a los hombres. Es un hecho biológico, pero la clase de delicadeza de la que tú estás hablando no existe.

—Eso ya lo sé. Me he pasado toda la vida demostrándolo.

—¿Cómo? ¿Comportándote como un hombre?

—¿Cómo si no podría conseguir que me tomaran en serio? —le preguntó ella—. El único modo de ganarme el respeto de mis hermanos era siendo uno más de ellos.

—Entonces, ¿no fue porque tú lo quisieras así?

—Yo quería ser como ellos. No sabía cómo ser una chica ni tenía interés alguno por aprender.

—¿Crees que hubiera supuesto alguna diferencia si tu madre hubiera estado aún viva para guiarte?

—No lo sé... No la recuerdo...

—Es una verdadera pena —dijo él tras guardar silencio durante unos segundos. Él recordaba muy bien a la madre de Elena, una sueca muy sonriente que siempre estaba preparando albóndigas. Elena tan solo tenía dos años cuando murió–. Era una mujer muy agradable.

–¿Tú la conociste?

–Por supuesto. Nuestras familias eran amigas. Nuestras madres estaban muy unidas.

–No lo sabía –susurró ella–. Si eran tan buenas amigas, me imagino que tu madre se sentirá muy desilusionada contigo cuando se entere de que me estás obligando a casarme contigo.

–Eso no lo sabremos nunca. Tiene demencia. La muerte de mi padre aceleró el proceso. Hay días en los que ya ni siquiera sabe quién soy...

Aquello era algo de lo que culpar a Ignazio y, por añadidura, a Elena.

Tal vez su belleza latente había salido por fin a la superficie, pero solo eso. Superficie. Debajo de aquel esplendoroso rostro, Elena era una Ricci de los pies a la cabeza. Gabriele jamás se permitiría olvidarlo.

Capítulo 6

ELENA se sintió muy aliviada cuando saltó el buzón de voz del teléfono de su padre.

–Hola, papá. Soy yo. Estoy en Nueva York. Por fin me he tomado las vacaciones por las que llevabas tanto tiempo regañándome... No te vas a creer a quién me encontré anoche... Al hijo de Alfredo Mantegna –dijo aclarándose la garganta antes de proseguir bajo la atenta mirada de Gabriele–. He decidido quedarme en Nueva York durante una semana y hacer algo de turismo. Christie se ocupará de todo en mi nombre. Espero que estés bien. *Ciao.*

Hecho. Elena cortó la llamada y apagó el teléfono, que metió en uno de los bolsos que Liana había elegido para ella, el que era su favorito.

–¿Y bien? –le preguntó a Gabriele–. ¿He resultado convincente?

–En una escala del uno al diez, yo te daría un cinco –contestó él mientras se ponía de pie–. Veamos ahora cómo actúas esta noche...

Iban a salir para cenar en otro restaurante frente al que acampaban los periodistas, algo que a Elena le apetecía tanto como ir a nadar a unas aguas infestadas de tiburones. Desde que regresaron de las compras, ella había comprobado Internet una docena de veces para ver si se había filtrado su nombre, pero hasta aquel momento nada.

Tras dedicarle una débil sonrisa, Elena se colgó el bolso del hombro y se dirigió hacia el ascensor. En el interior, se miró disimuladamente en el espejo. Se alegró de ver que la magia de Adrian en su rostro seguía prácticamente intacta. Lo único que había hecho desde que llegó había sido retocarse un poco los labios y aplicarse un poco de perfume. Además, se había puesto unos pantalones rojos y un par de sandalias plateadas con un tacón muy bajo, pero se había dejado puesta la camiseta plateada que tanto le gustaba. Gabriele se había limitado a comentar que ciertamente se trataba de una mejor con respecto al atuendo que ella llevaba la noche anterior.

No obstante, la mirada que había en sus ojos decía mucho más. Elena deseó, por primera vez en su vida, tener algo de experiencia con los hombres, algo que le ayudara a interpretar las expresiones de Gabriele. Lo único que tenía era su instinto y de él no se fiaba mucho.

Estaba segura de que Gabriele no se sentía en absoluto atraído por ella. Lo único que quería era lo que ella pudiera darle. Quería su cuerpo, no su corazón ni su alma. Quería poseer a la hija de Ignazio. Si Elena hubiera tenido hermanas, le habría servido cualquiera para sus propósitos.

Y decidió que ella tampoco lo deseaba a él. Jamás podría desear a alguien tan cruel.

Cuando llegaron a la planta baja, Gabriele se volvió para mirarla.

—¿Lista?

—No.

Gabriele sonrió y la agarró de la mano para salir a la noche de Manhattan por segundo día consecutivo.

Aquella era la primera vez que la tocaba, a excepción del delicado beso que habían compartido anteriormente. Tenía la mano enorme y engullía la de ella como si fuera la de un animal gigante.

El conductor ya estaba esperándolos, por lo que Elena se alegró de poder soltarse de la mano de Gabriele para poder entrar en el coche. Una vez dentro, se sentó y se colocó las manos entre los muslos para poder secarse el sudor que había empezado a surgir en ellas.

Realizaron el trayecto en silencio. El cristal ahumado que los separaba del conductor significaba que no tenían que fingir conversación ni adoración.

Cuando por fin llegaron frente al restaurante elegido para aquella noche y el chófer le abrió la puerta, Elena supo que su identidad se había descubierto.

Los flashes la cegaban con su brillantez. Gabriele se hizo cargo y salió primero. Entonces, le tomó la mano y le colocó un brazo muy protector alrededor de la cintura para conducirla al interior. Elena no estaba preparada para aquel acoso, por lo que se ocultó detrás de él para protegerse de los gritos y preguntas de los periodistas. Los llevaron directamente a su mesa.

Al entrar al restaurante, los llevaron directamente a su mesa. Cuando se sentaron por fin, Elena se quedó atónita al ver una mirada de satisfacción en el rostro de Gabriele.

–¿Has disfrutado con eso? –le preguntó.

–Me he tenido que enfrentar a cosas mucho peores. Nos estaban esperando y su presencia aquí garantiza que tu padre se tomará mañana su primer café viendo cómo te tengo entre mis brazos.

Fue en ese momento cuando Elena comprendió por fin que Gabriele creía de verdad que su padre le había tendido una trampa a Alfredo.

Él había aceptado la culpa para proteger a Alfredo, pero se negaba a creer en la culpabilidad de su padre. Lo negaba todo. En vez de aceptar la verdad, prefería señalar al padre de Elena. Eso tan solo podía significar que Gabriele era inocente de los delitos por los que se había pasado dos años en prisión.

¿Sería posible que tuviera razón también sobre la inocencia de Alfredo?

No. No se lo podía creer, porque eso tan solo podía

significar que tenía razón en lo de Ignazio, y Elena no podía creer que su padre hubiera sido capaz de cometer un fraude y dejar que su mejor amigo cargara con las culpas.

No era lo suficientemente ingenua como para pensar que su padre no había hecho nunca nada malo, pero de lo que Gabriele le acusaba era... No. No podía ser.

–Elena... –dijo él sacándola de sus pensamientos–. Adoración, tesoro, adoración...

Ella respiró profundamente para aclarar aquellos pensamientos y apoyó la mano en la barbilla para mirarlo. Mientras observaba aquellos ojos tan profundos, no pudo evitar pensar que, si él fuera otra persona, mirarlo con adoración no le resultaría en absoluto difícil.

Elena llevaba encerrada tanto tiempo en el cuarto de baño que Gabriele se preguntó si se habría ahogado en la ducha.

Tenía que admitir que aquella noche había realizado una actuación admirable. Se había pasado toda la velada mirándole, pestañeando, riendo y sonriendo. Incluso había conseguido no tensarse demasiado cuando él le tomó la mano. Nadie de los presentes en el restaurante habría dudado ni por un momento que los dos eran una pareja muy enamorada.

Cuando Elena salió por fin del cuarto de baño, a Gabriele no le sorprendió encontrársela vestida con su pijama en vez de con los sensuales camisones que Liana había seleccionado para ella.

–¿Tienes alguna preferencia sobre el lado de la cama en el que prefieres dormir? –le preguntó Gabriele.

Ella negó con la cabeza, sin apenas mirarle a los ojos.

–En ese caso, yo me quedo con el derecho –dijo él.

Con gesto incómodo, Elena se acercó a la cama y levantó las sábanas para meterse entre ellas. Al notar su presencia junto a él. Gabriele sintió que se le caldeaba la sangre y otra parte de su anatomía.

Elena se puso de espaldas a él y se acurrucó bajo las sábanas de modo que no se le viera más que la parte superior de la cabeza. Gabriele apagó la luz y se quedó mirando el techo, con una mano apoyada detrás de la cabeza mientras trataba de no pensar ni prestar demasiada atención a Elena. Muy pronto, la tensión de su cuerpo se iría desvaneciendo...

Aquella era la reacción natural de un hombre al compartir la cama con una mujer hermosa, aunque estuviera vestida con la ropa más ridícula que hubiera visto nunca, sobre todo cuando llevaba casi cuatro años sin estar con una mujer...

Después de que Sophia terminara con su relación, se había visto inmerso en la batalla legal que tenía contra Ignazio. Después, vino la cárcel, en la que se pasó cada instante pensando en cómo vengarse. Casi no había pensado en Sophia ni en ninguna otra mujer. Tras su salida de la cárcel, se había pasado gran parte del tiempo reconstruyendo la empresa y preparando el lanzamiento de un coche en memoria de su padre. Simplemente, no había tenido espacio para ninguna mujer. Por eso, no era de extraña que su libido se hubiera despertado al estar tan cerca de Elena.

Estaban en todas las portadas de todas las principales publicaciones de los Estados Unidos y de Europa. La mayoría de los titulares aludían a una tregua en las hostilidades, al hecho de que los dos parecían haber enterrado, por fin, el hacha de guerra.

Mientras Elena dormía, había puesto su teléfono móvil en silencio, pero este no había parado de recibir llamadas. Cuando se despertó, tenía once llamadas perdidas de su padre y de sus hermanos. Después, le habían enviado mensajes y correos pidiéndole que los llamara inmediatamente. También tenía docenas de mensajes y de llamadas de varios periodistas y blogueros que querían charlar con ella sobre su relación con Gabriele.

Decidió apagar el teléfono y levantarse de la cama vacía. Se dirigió al cuarto de baño y se lavó el rostro con las manos y se cepilló los dientes.

Igual que el día anterior, Gabriele ya se había duchado y vestido. Ella lo encontró en el comedor, tomándose una taza de café. Se había vuelto a vestir de un modo informal, con unos chinos y una camiseta con las mangas remangadas.

–Buenos días, tesoro –dijo al verla.

Se levantó con una sonrisa en los labios y, para sorpresa de Elena, la tomó entre sus brazos y le dio un ligero beso en los labios. Elena echó la cabeza hacia atrás, pero no pudo zafarse.

–¿Qué es lo que...?

–Tenemos compañía –susurró él en voz baja–. Ven a desayunar –añadió en voz normal mientras retiraba la silla de la mesa para que ella pudiera sentarse.

Entonces, Elena vio a un hombre muy menudo que estaba de pie al lado de la puerta de la cocina.

–Michael, te presento a Elena –dijo Gabriele a modo de presentación.

Michael entró en la cocina con una amplia sonrisa en los labios.

–Es un placer conocerla, señorita Ricci –comentó el hombre–. ¿Qué le apetece para desayunar?

–Mmm...

–Te recomiendo que pruebes los huevos escalfados –sugirió Gabriele mientras le apartaba un mechón de cabello de la mejilla.

En cuanto Michael desapareció en la cocina, Elena apartó la mano que Gabriele aún le tenía agarrada.

–No hay necesidad de eso... –le espetó.

–Claro que la hay –respondió él volviendo a tomarle la mano–. Cuando estás a mi lado, eres como un gato sobre unas brasas. Ahora vamos a ir al registro para pedir nuestra licencia de matrimonio. Nos casamos mañana. Tienes que mostrarte cómoda con que yo te acaricie y te abrace.

–Eso ya lo hice anoche –repuso ella indignada.

–No. Anoche comenzaste a hacerlo. Te mostraste tan rígida como una tabla cuando yo te tocaba, pero todo el mundo lo habrá atribuido a la presencia de los periodistas. Cuando vayamos al registro, tienes que tener en mente que ellos ven todos los días a parejas enamoradas. Saben reconocer algo que es falso en cuanto lo ven.

–Te aseguro que lo estoy intentando...

–Y yo te voy a ayudar...

–¿Cómo?

–Besándote como es debido.

Cualquier objeción que ella hubiera podido hacer habría resultado inútil. Gabriele le colocó las enormes manos sobre las mejillas y la besó.

Las dos veces que la había besado antes había sido un simple roce, que no había dejado atrás nada más que la más breve de las impresiones en sus labios. Sin embargo, en aquella ocasión...

Los labios de Gabriele acariciaron los de Elena, moviéndose suavemente. Los largos dedos trazaron sus mejillas extendiéndose sobre ellas hacia el cabello para masajeárselo suavemente.

Suavemente, pero con autoridad, deslizó la lengua para acariciarle los labios, que seguían fuertemente apretados. Sin embargo, Elena sintió que estaba luchando una batalla perdida...

Por mucho que trataba de contenerse, de parar aquel sutil asalto erótico que se estaba apoderando de ella, una pequeña sensación fue despertándose dentro de ella y extendiéndose por todo su cuerpo.

¿Qué le estaba ocurriendo?

Entonces, los labios se le separaron involuntariamente, lo suficiente para que Gabriele pudiera deslizar la lengua entre ellos.

Un calor profundo y oscuro se apoderó de ella. El sabor de los labios de Gabriele se fundía con el de ella. De repente, con cierta sorpresa, se dio cuenta de que la mano se había colocado como si tuviera vida propia sobre el hombro de él y que... ella también le estaba devolviendo el beso. Su propia lengua se le había deslizado a Gabriele en la boca y estaba copiando los movimientos que él había llevado a cabo en la de ella.

De repente, dio un paso atrás para alejarse de él y romper el beso.

–Ya basta...

Gabriele no dijo nada. Siguió agarrándole la cabeza y mirándole intensamente a los ojos. Por suerte, Michael regresó en aquel momento para llevarles una cafetera. Tosió suavemente para anunciar su presencia.

–Les traeré el desayuno dentro de cinco minutos –les dijo mientras servía el café y se marchaba tan sigilosamente como había llegado.

Elena se apartó de él y, con mano temblorosa, se sirvió una cucharada de azúcar en el café. Gabriele era su enemigo. Ella no tenía derecho a disfrutar con sus besos. No tenía derecho alguno a desear más.

–Así está mejor –dijo él con aprobación.

–No vuelvas a hacer eso...

–No irás a fingir ahora que no has disfrutado...

–No finjas tú que yo disfruté...

No había disfrutado. Lo que había sentido, lo que aún sentía, era algo que no sabía que podía sentir.

Gabriele volvió a tomar la palabra. Bajó la voz y le habló al oído.

–Sabes a néctar. Muy pronto, te saborearé entera.

Elena agarró con fuerza la taza y suspiró profundamente para tratar de recuperar el control. Gabriele la miraba fijamente. Él era su mayor enemigo...

–¿Qué es lo que te pasa, tesoro? ¿Acaso te asusta el deseo que sientes por mí?

–No hay deseo. Lo único que siento por ti es odio. Lo único que quiero es que me dejes escapar de esta pesadilla.

Gabriele se echó a reír.

–No hay que avergonzarse por sentir atracción. Es natural.

Para ella no. Sin embargo, Elena no pensaba compartir con él ese detalle. El contrato que había firmado estipulaba que ella le daba su cuerpo, pero no sus pensamientos. La única intimidad que compartirían sería en el dormitorio y sería tan breve como fuera humanamente posible.

Gabriele se levantó.

–Tengo que realizar algunas llamadas. ¿Puedes estar lista para marcharte dentro de una hora?

Sorprendida por aquel repentino cambio de conversación, ella lo miró. Inmediatamente, deseó no haberlo hecho. Cada vez que lo miraba, sentía que se le hacía un nudo en el pecho. Al día siguiente, se casaría con él. Ella le pertenecería. Y el único medio de cortar los vínculos que los unían sería dándole lo único que jamás le había dado a nadie. Su cuerpo.

Sin embargo, lo único que sabía en aquellos instantes por encima de todas las cosas era que no volvería a permitir que él la besara. Al menos como acababa de hacerlo. Le hacía sentir demasiado.

De algún modo, Elena consiguió superar su reunión con el empleado del registro sin incidente alguno. Había tenido agarrada la mano de Gabriele y lo había mirado con adoración. La única vez que había estado a punto de derrumbarse fue cuando Gabriele la llevó a una boutique. La dejó allí con la orden de que buscara un vestido con el que casarse.

–Blanco y nada subversivo –le había aconsejado.

Ella había estado mirando todos los que había disponibles con una extraña sensación en el corazón. Nunca había pensado en casarse, pero aquello era... Aquello era una abominación. Una burla de todo lo que se suponía que era el matrimonio. Se iba a casar con un hombre que la despreciaba y que la odiaba a partes iguales.

«Tienes que hacerlo. Si no lo haces, os destruirá a todos».

Al día siguiente, a aquella hora, estaría casada. A aquellas horas, ya no sería virgen.

Gabriele se dio la vuelta en sueños. Una cálida pierna rozó la de ella. Elena dejó de respirar. Las sensaciones le recorrieron todo el cuerpo hasta crearle una profunda tensión en la parte baja del vientre.

Apretó los dientes. ¿Cómo podía sentirse tan atraída por él? ¿Por qué no podía su cuerpo odiarle con la misma pasión que su cerebro?

Ojalá pudiera apagar su cuerpo y poder ignorar el hecho de que él estaba acostado junto a ella y que era el hombre más atractivo que había conocido en toda su vida. Ojalá pudiera seguir fingiendo que el calor que sentía cuando él estaba a su lado no significaba nada.

–Elena, ¿estás lista?

Gabriele golpeó suavemente la puerta del dormitorio, donde ella llevaba encerrada más de una hora.

La puerta se abrió. Lo único que ella tenía puesto era una bata de color malva y una toalla alrededor del cabello.

–No puedo hacerlo –susurró, con la voz atenazada por el pánico.

–¿Hacer qué?

Gabriele miró el reloj. El chófer llegaría en cualquier momento para llevarlos al Registro Civil de Manhattan. Todo estaba preparado. Si Elena no quería cumplir el contrato...

–Maquillarme –chilló ella–. No me acuerdo lo que Adrian me dijo que tenía que hacer...

Gabriele comprobó que ella estaba muy nerviosa. El pánico se reflejaba en su voz y en sus ojos.

–Regresaré dentro de un momento –dijo.

–¿Adónde vas?

–Espera un minuto.

Gabriele se dirigió al bar y sirvió dos buenas copas de coñac. Luego llevó los dos vasos al dormitorio y le ofreció uno a Elena.

–Tómatelo –le ordenó–. Te calmará los...

Ella se lo tomó de un trago antes de que Gabriele pudiera terminar la frase.

–¿Puedo tomarme otro?

–Claro.

Gabriele repitió la operación. Elena se lo bebió tan rápidamente como el primero y se limpió la boca con el reverso de la mano.

–¿Mejor?

Ella asintió.

–Elena... –susurró. La bata se le había abierto un poco, lo suficiente para que él viera un pequeño pecho. Parpadeó y volvió a centrar su atención en el rostro–. Elena, tenemos mucho tiempo –mintió–. Haz lo que puedas. Todo el mundo estará demasiado ocupado mirándote el vestido como para prestar atención a tu rostro.

Gabriele había estado esperando en un café cercano mientras ella lo compraba. Se había pasado el tiempo tratando de no pensar en el beso que habían compartido aquella mañana y que aún seguía sintiendo en los labios...

Antes de su compromiso con Sophia, había tenido muchas novias. Nunca se había considerado un play-boy, pero se había divertido bastante. Cuando cumplió los treinta años, decidió que había llegado el momento de sentar la cabeza.

Desgraciadamente, ya no podía confiar en nadie ni volvería a hacerlo nunca. Había confiado en Sophia igual que había confiado en Ignazio. ¿Y adónde le había llevado tanta confianza? A la cárcel. Lo único que se sacaba al confiar en otras personas era dolor.

Cuando su vida en común con Elena llegara a su fin, seguramente volvería a salir con mujeres. Sin embargo, compartir la vida con alguien... De ningún modo.

Siempre había creído que Sophia era la candidata perfecta para convertirse en su esposa. Estaban de acuerdo en todas las cosas importantes y, además, ella era de una familia rica y prestigiosa, por lo que no había posibilidad alguna de que fuera una cazafortunas. Y era tan hermosa... Sin embargo, en el año en el que había estado con ella, jamás había experimentado la reacción que había tenido junto a Elena con un solo beso. No recordaba ni uno solo que le hubiera producido una reacción tan fuerte...

Permaneció en aquel café, esperando, hablando por teléfono con el hombre que podía ayudarle a limpiar su nombre si cambiaba de bando, pero no le había sido posible concentrarse completamente. No hacía más que pensar en aquel beso...

El deseo que había provocado en él había sido inexplicable. En aquellos momentos, mientras la miraba, Elena tan solo llevaba una bata puesta, pero la necesidad de llevársela a la cama era tan poderosa...

Se dijo que el deseo no significaba nada. No cambiaba nada, pero ciertamente podría hacer que el matrimonio fuera más placentero...

Ella asintió y levantó la barbilla.

–Puedo hacerlo.

–Bien. Te dejo para que te pongas manos a la obra.

Salió del dormitorio y se cerró la puerta preguntándose qué clase de mujer no sabía maquillarse a la edad de veinticinco años. ¿Tan protegida había estado?

Sabía que Ignazio la había educado en casa. Alfredo también había comentado en ocasiones lo triste que le parecía que su amigo ocultara en casa a su única hija mientras sus tres hijos campaban a sus anchas. No era de extrañar que ella hubiera aspirado a ser como sus hermanos...

Apareció por fin cuarenta minutos más tarde.

El vestido que había elegido para casarse con él era blanco, pero aquello era lo único tradicional que tenía. No tenía mangas, pero llevaba un cuello alto de encaje y le caía como un abanico por encima de las rodillas. Completando el atuendo con unos zapatos blancos muy sencillos y con un tacón mínimo.

Llevaba el flequillo a un lado y el resto del cabello recogido sobre la nuca. El maquillaje era sencillo, pero muy favorecedor.

–¿Y bien? –preguntó ella.

–Es perfecto. Has elegido bien.

–No pude comprar un vestido largo. Sería una burla mayor aún para esta farsa.

–Tienes razón...

¿Acaso Elena había querido una boda tradicional?

En realidad, no le importaba y en aquellos momentos no tenía tiempo de considerarlo. Fuera lo que fuera lo que ella había esperado, no era asunto suyo. Además, si esperaba casarse en una iglesia, siempre podría hacerlo con otro hombre cuando ellos se divorciaran.

Recordó el paquete que había llegado hacía unos minutos y se dirigió a la mesa para sacar un delicado ramo de rosas blancas de la caja.

–¿Para qué son? –le preguntó Elena mientras aspiraba delicadamente su aroma.

–Son tu ramo de novia... No creerías que tu amado prometido se olvidaría un detalle tan importante, ¿verdad?

Ella sonrió.

–Dado que no nos hemos molestado con un anillo de compromiso, ni invitados ni banquete, me sorprende que te hayas molestado.

–Amor mío, habrá fotógrafos que estarán allí para ser testigos de nuestro amor cuando salgamos del Registro Civil.

–Esperemos que no se enteren de que pasamos la noche antes de la boda juntos y que me has visto antes de llegar al Registro. Sería horrible que dijeran que nuestra boda ha tentado a la buena suerte incluso antes de realizarse.

–En ese caso, debemos hacer una buena ostentación de nuestro amor para que no surjan las dudas, ¿no te parece?

Elena levantó la cabeza y pestañeó con gesto de coquetería.

–Por supuesto, meloncito mío... Nuestro amor resplandecerá.

–¿Meloncito mío?

Dios, Elena lo divertía tanto... no sabía por qué, pero así era. Tampoco sabía por qué había sentido un ligero remordimiento al pensar cómo habrían sido las cosas entre ambos si los dos se hubieran conocido en unas circunstancias diferentes...

Capítulo 7

LAS tres otras parejas que esperaban en la sala de espera estaban radiantes de alegría. Elena trató de no mirarlos demasiado descaradamente, pero su lenguaje corporal la fascinaba. Y también la entristecía. Aquellas parejas eran felices. Se casaban por amor. Ella se casaba con Gabriele para impedir que él destruyera a su familia.

Había llamado a su padre antes de salir y se había sentido profundamente aliviada de que hubiera saltado el contestador. Le había dejado un mensaje, diciéndole que lo volvería a llamar al día siguiente. Luego, apagó el teléfono. Le dolía pensar lo disgustado que se sentiría cuando se enterara de que se había casado con el hombre que, sutilmente, la estaba envenenando en su contra.

Gabriel tenía un brazo alrededor de ella. A su lado, estaban Michael y Lisa, que parecían encantados de que su jefe se fuera a casar por fin. Les parecía que todo era muy romántico... ¿Una boda secreta en un Registro Civil era romántica?

Sus padres se habían casado en una vieja iglesia de la Toscana, rodeada de cientos de personas que los adoraban. El amor que sentían aquel día traspasaba las viejas fotografías. Elena jamás había esperado casarse, pero siempre había creído que, si lo hacía, sería una boda tradicional, rodeada de amigos y familiares y que tendría el corazón lleno de felicidad.

Nada que ver con la boda que estaba a punto de celebrar.

Apareció un funcionario y leyó los nombres de la siguiente pareja. Les tocaba a ellos.

La sangre se le heló en las venas. Impidiéndole casi levantarse. Gabriele la ayudó a ponerse de pie.

–¿Estás lista para convertirte en la señora Mantegna? –murmuró mientras frotaba la nariz contra la de ella. Al mismo tiempo, tenía una advertencia reflejada en los ojos.

Consciente de que todos los estaban mirando, Elena apretó los labios ligeramente a los de él.

–Te odio tanto –susurró.

Elena estaba segura de que Gabriele profundizó el beso para castigarla. La besó con tanta posesión que ella tuvo que aferrarse a él para poder mantenerse en pie.

Trató de no sentir placer alguno con aquel beso, de resistirse, pero no pudo hacerlo. Cada parte de su cuerpo gozó con él.

Con una sonrisa de satisfacción, Gabriele se giró hacia el funcionario y le dijo:

–Indíquenos el camino.

Cinco minutos más tarde eran marido y mujer.

Cuando salieron del Registro, los rayos del sol se reflejaban en la elegante alianza que Elena llevaba en el dedo. Le sorprendió que Gabriele también decidiera ponerse una.

Los fotógrafos que se habían reunido en el exterior del edificio habían triplicado su número. No había que preguntarse quién les había dado el soplo. Con las manos entrelazadas, posaron, pero se negaron a realizar comentario alguno. Entonces, acompañados de Michael y Lisa, tras desearles toda la felicidad del mundo, se marcharon en un taxi al aeropuerto para disfrutar de dos semanas de vacaciones por cortesía de Gabriele. Entonces, Elena y él se metieron en el coche que los estaba esperando.

–¿No quieres que nos vayamos por ahí a celebrarlo? –le preguntó ella con ironía–. Nunca he conocido una boda en la que no se celebrara un gran banquete después.

–Estamos en Nueva York. Aquí las bodas se celebran de muchas maneras diferentes. Yo prefiero que regresemos al apartamento para que lo celebremos en privado...

Elena no contestó. No le fue posible. ¿De qué servía discutir? Tan solo conseguiría retrasar lo inevitable.

Lo peor de todo era que deseaba que ocurriera. Tenía mucho miedo, pero, al mismo tiempo, deseaba que ocurriera.

A pesar de todo, se aclaró la garganta y dijo:

–Pensé que querías celebrar una gran fiesta para que todo el mundo se enterara de que ahora eres mi dueño.

–Pensé que habías dicho que yo jamás te poseería... pero sí, en eso me he adelantado a ti. Anna María está organizando una fiesta en Florencia para toda nuestra familia y amigos dentro de dos semanas. Las invitaciones se enviarán mañana.

–¿Y estará invitada mi familia?

–Nuestra familia –le corrigió él–. Ahora estamos casados, así que tu familia es la mía y la mía es la tuya, y todos están invitados –añadió con una sonrisa–. Tengo muchas ganas de volver a verlos.

–Estoy segura de ello.

Gabriele se acercó a ella y le agarró la mano para llevársela a los labios.

–Será una velada de celebración, pero eso será dentro de dos semanas. En estos momentos, toda mi atención se centra en otra cosa más placentera...

Elena contuvo la respiración. Los dedos le ardían justo donde él acababa de besarlos. ¿Cómo era posible que su cuerpo respondiera de aquel modo ante él? No debería ser posible ni por lógica ni por decencia. ¿Cómo podía su cuerpo vibrar de aquel modo pensando tan solo en lo que la noche podría darles?

Cuando llegaron a su apartamento, Gabriele le soltó la mano, pero, en vez de descender del coche, rozó los labios contra los de ella, sin darle tiempo para que apartara el rostro.

–Vamos, señora Mantegna. Vayamos a celebrar nuestra unión.

El ambiente mientras subían al apartamento en el ascensor estaba más cargado que nunca.

–Tomemos primero una copa –dijo él cuando las puertas se abrieron por fin.

Elena entró por la puerta del comedor y se detuvo en seco.

–¿Has hecho tú esto?

Sobre la mesa, había dos botellas de champán rosado en un cubo de hielo y dos copas. Junto a ellas, había varias bandejas de canapés y delicados pastelillos de chocolate y trufa.

–Un festín privado para nosotros dos –murmuró él mientras le rodeaba la cintura con el brazo.

Elena aguantó un instante antes de dirigirse rápidamente hacia la mesa.

–Bueno, pues muchas gracias por esto porque me estoy muriendo de hambre.

–Eso te enseñará que no hay que saltarse el desayuno.

Elena lo miró a los ojos. Sus mejillas se sonrojaron y apartó la mirada.

Gabriele ocultó una sonrisa.

La anticipación por la consumación de su matrimonio le había dado un nuevo giro al odio que sentían el uno por el otro. No había la menor duda de que la atracción que ambos sentían era mutua. Gabriele lo notaba en sus gestos, en sus reacciones y, sobre todo, en los besos que habían compartido y que ella le había devuelto.

—Siéntate —le dijo mientras sacaba una silla para ella.

Elena se sentó y él se puso a abrir la botella de champán. Gabriele sirvió dos copas y le ofreció una ella. Entonces, levantó la suya y dijo:

—Por nosotros.

—Por nosotros —repitió ella antes de golpear suavemente su copa con la de él—. Porque este sea un matrimonio lo más breve posible.

—Y porque esos breves días sean tan placenteros como sea posible —añadió Gabriele. Disfrutó al ver cómo ella se sonrojaba.

A pesar de que había dicho que estaba muerta de hambre, Elena comió muy poco. Y Gabriele, que nunca rechazaba la comida, descubrió que tampoco tenía mucho apetito.

Hacía mucho tiempo desde la última vez que había estado con una mujer. La expectación debía de estar afectándole mucho más de lo que había supuesto. Sin embargo, disfrutó con el hecho de que la comida se alargara mientras los dos charlaban amigablemente. No había prisa. Tenían toda la noche. En realidad, si se dejaban guiar por el papel que acababan de firmar, tenían toda la vida.

Cuando terminaron la primera botella, Gabriele se dispuso a abrir la segunda.

–No quiero beber más –dijo Elena de repente–. Estoy lista para ir a la cama.

Al escuchar aquellas palabras, Gabriele frunció el ceño. Observó cómo las mejillas de Elena se cubrían de rubor, pero ella le estaba mirando directamente a los ojos. Gabriele le acarició la mejilla suavemente con el pulgar, gozando con la suavidad de su piel, Ella cerró los ojos y, cuando los abrió, Gabriele vio que el verde se había oscurecido y que parecían saltar chispas de ellos.

–Estoy lista –susurró ella de nuevo.

Elena se sentía tan tensa que se preguntó si estaría enferma.

Casi no había comido nada. Los nervios se lo impedían. Había esperado que, a medida que fuera transcurriendo la comida, Gabriele se hiciera cargo de la situación, declarara que la comida había terminado y la condujera al dormitorio. Sin embargo, él se había mostrado dispuesto a alargar la situación y eso solo había conseguido que la anticipación y el miedo se apoderaran de tal manera de ella que Elena no había podido seguir soportándolo.

Ser la que lo expresara en palabras le había resultado extraño, pero que Dios la perdonara... Deseaba tanto a Gabriele... Quería estar con él. Sin embargo, tan solo le daría su cuerpo. Su cabeza y sus sentimientos le pertenecían tan solo a ella y separaría ambas cosas firmemente. Los hombres lo hacían todo el tiempo. ¿Por qué iba a ser ella diferente?

A pesar de todo, tardó bastante en salir del cuarto de baño. Gabriele ya la estaba esperando en la cama, apoyado contra las almohadas con el torso desnudo.

Al verla, los ojos de él comenzaron a brillar. Levantó las sábanas para que ella se acomodara a su lado, sábanas bajo las que estaba completamente desnudo. Ella también lo estaba debajo de la bata de seda.

El sol aún no se había puesto e iluminaba el dormitorio con un tenue resplandor. Elena deseó que estuviera completamente oscuro. Así ella se sentiría un poco menos vulnerable.

Se metió entre las sábanas y se tumbó de espaldas. Entonces, se cubrió con la sábana hasta los hombros. Gabriele se apoyó sobre un codo y la miró fijamente. Aquellos ojos oscuros la observaban como si se hubiera vertido magma en ellos, con una intensidad que le detenía los latidos del corazón y le tensaba dolorosamente los nervios. El miedo y la excitación se habían apoderado de ella, pero no apartó la mirada.

Gabriele colocó una mano sobre el hombro de Elena y comenzó a deslizar los dedos por la clavícula hasta introducirlos por debajo de la bata. Entonces, comenzó a apartarle la bata a medida que se iba abriendo camino hacia el vientre hasta que se tropezó con el cinturón.

Sin apartar la mirada de ella, lo desató.

El corazón de Elena latía tan rápidamente que parecía que estaba a punto de estallar. Respirar se había convertido en una tarea complicada. Sentía un profundo hormigueo en la piel que él le había ido acariciando, que poco a poco se iban extendiendo por todas partes.

Cuando Gabriele bajó la cabeza y acercó la boca a la de ella, Elena apartó el rostro justo a tiempo. Él se quedó completamente inmóvil y la interrogó con la mirada durante un instante. Entonces, sonrió.

–Ah –murmuró suavemente mientras le besaba el cuello–. Ahora es cuando montas el número y nada más –añadió mientras le apretaba el lóbulo de la oreja entre los dientes y le apartaba por completo la bata, dejándole los senos al descubierto

Gabriele los miró durante un instante y luego volvió a mirarla a ella a los ojos. Suavemente, le apretó un seno entre los dedos y comenzó a acariciar con el pulgar el pezón. Elena cerró los ojos cuando las sensaciones se apoderaron de ella.

–Los dos sabemos que el deseo que sientes por mí es tan fuerte como el que yo siento por ti –le susurró al oído.

Las dulces sensaciones volvieron a apoderarse de todo su cuerpo.

Gabriele se levantó un poco para arrodillarse por encima del muslo de ella. El movimiento apartó la sábana de él y dejó al descubierto el vello que le recorría el torso hasta llegar al abdomen para luego espesarse de nuevo en la entrepierna, donde...

Elena parpadeó de asombro.

Tal vez podría tener experiencia cero en el sexo, pero incluso ella era capaz de decir que Gabriele tenía una potente y enorme erección. Un dolor sordo se apoderó de su vientre, dolor que se acrecentó cuando él le dio otro beso en el cuello. Y otro. Y otro. Cada vez bajaba más. Llegó hasta el valle que había entre sus senos y remontó uno de ellos para atraparle un pezón entre los labios.

Elena no pudo retener el gemido que se le escapó de los labios. La necesidad de tocarle creció inesperadamente. Se agarró a la almohada para no hacerlo. Aquello era demasiado y, sin embargo, no suficiente.

Ligeramente, él le trazó la piel con los dedos, trazando curvas sobre su vientre con un movimiento tranquilo, perezoso. Las sensaciones eran maravillosas.

Cuando deslizó la mano hasta llegar a su zona más íntima y deslizó en ella un dedo, Elena apretó los dientes. Seguía decidida a no reaccionar, pero aquello... Se trataba de un lugar en el que ni siquiera ella se había tocado.

Fue él quien gruño de placer.

–Eres realmente exquisita –murmuró mientras descansaba la palma de la mano sobre el corazón de su placer y deslizaba un dedo dentro de ella.

La respiración de Elena se aceleró. La fricción de la palma y las sensaciones desconocidas para ella que provocaba aquel dedo era insoportable. Estaba perdiendo la batalla, pero decidió que no se rendiría. Por muy desesperada que estuviera, presentaría batalla. Sin embargo, no pudo contener el gemido de placer que se le escapó entre los labios.

–Admite que me deseas –le dijo Gabriele con voz ronca. Su voz acrecentaba las sensaciones que ella estaba experimentando–. Necesito escucharlo.

¿Cómo podía negarlo? Su cuerpo la traicionaba y revelaba lo mucho que ella lo deseaba.

–Sí, te deseo –confesó por fin.

Gabriele gruñó al escucharla y se le colocó entre los muslos, situándose justamente sobre el punto en el que la había estado tocando. Su erección se apretaba contra la entrada de su cuerpo. Elena experimentó un fuerte dolor cuando él la penetró con un largo y profundo movimiento. Contuvo el aire y se quedó inmóvil, completamente aturdida al sentirlo dentro. Le resultaba imposible moverse.

Gabriele también se quedó muy quieto.

–Elena...

Sus ojos reflejaban un profundo asombro. Después de un largo instante en el que ninguno de los dos pronunció palabra, Gabriele se bajó para descansar su peso sobre ella sin aplastarla. El vello de su torso le rozaba los pezones. Y seguía dentro de ella...

–Abrázame –le dijo él.

El asombro había desaparecido de sus ojos y se había visto sustituido por otra cosa, algo muy diferente, por una ternura que no había experimentado en mucho tiempo.

Elena soltó por fin la almohada. Ya no era capaz de pensar racionalmente. Le rodeó la espalda con los brazos. Su piel era tan suave...

–Respira –le susurró él. Colocó los brazos a ambos lados de la cabeza–. Respira...

Ella lo intentó, sin conseguirlo del todo.

–Respira...

Gabriele comenzó a moverse dentro de ella muy suavemente. No dejaba de mirarla a los ojos ni de acariciarle el cabello con las manos.

–Muévete conmigo...

–Yo...

Elena no sabía cómo hacerlo. Gabriele debió de comprender.

–Haz lo que te haga sentir bien...

Él siguió moviéndose, retirándose y empujando muy poco a poco.

–Muévete conmigo...

Elena levantó los muslos un poco e inmediatamente la fricción se profundizó.

Gabriele la miraba, tratando de hacerle comprender que no había nada que temer. Lentamente, fue acrecentando el ritmo.

Elena siempre había creído que el sexo era algo rápido, carnal, en el que el hombre se limita a conseguir su placer y que la mujer tiene que aguantar. Nunca había imaginado que pudiera ser algo tierno. De hecho, nunca había imaginado que Gabriele pudiera ser tan tierno, pero así era. Su única preocupación era que Elena gozara.

Una sensación que ella no pudo identificar comenzó a crecer en su interior. De repente, el instinto se apoderó de ella y la hizo moverse con él, apocadamente al principio para luego empezar a hacerlo con más confianza. Recibía los movimientos de él y sentía cómo su cuerpo se ajustaba y le hacía experimentar maravillosas sensaciones por todo el cuerpo, unas sensaciones que jamás había imaginado antes.

Lo que sentía en el centro de su feminidad fue haciéndose cada vez más fuerte. Gabriele se movía suavemente, dejando que ella controlara el ritmo. Elena levantó los muslos un poco más para profundizar el efecto y se apretó con fuerza contra él... De repente, algo estalló dentro de ella, haciéndole gritar de placer, provocando una explosión en todo su cuerpo que la hizo agarrarse a él con todas sus fuerzas.

A través del placer que estaba experimentando, notó que la respiración de Gabriele se aceleraba. No dejaba de susurrarle al oído, animándola a acompañarle hasta que dejó escapar un gruñido desgarrado y realizó un último y poderoso envite antes de desmoronarse sobre ella.

Con el rostro de Gabriele contra el cuello, sus manos aún acariciándole el cabello y los latidos de su corazón palpitándole contra la piel, Elena se quedó mirando al techo, demasiado asombrada de lo que acababa de experimentar como para poder pensar con coherencia o para poderse mover debajo de él.

Un extraño letargo fue apoderándose de ella. Había estado toda una vida escuchando cómo sus hermanos y los amigos de estos hablaban de las mujeres con desprecio y las trataban como si fueran sus posesiones. Todo ello la había convencido de que el sexo era una herramienta para que los hombres reafirmaran su dominación. Había dado por sentado que lo de hacer el amor pertenecía tan solo al mundo del celuloide. Nada le había preparado para que Gabriele fuera tan tierno y delicado con ella. Y tampoco había esperado sentirse tan cercana a él... Tan solo podía imaginarse cómo le haría el amor a una mujer de la que realmente estuviera enamorado...

Con aquel amargo pensamiento, se apartó de él. Gabriele se lo permitió y se levantó de ella para que Elena pudiera tumbarse de costado, de espaldas a él.

Sabía que Gabriele la estaba mirando y esperó a que él empezara a hablar sobre lo que acababa de ocurrir entre ellos. No fue así. Él le rodeó la cintura con un brazo y la estrechó contra su cuerpo.

Inexplicablemente, los ojos de Elena se llenaron de lágrimas. Parpadeó para hacerlas desaparecer. Solo porque el sexo con Gabriele hubiera sido la experiencia más increíble y plena de toda su vida, no cambiaba la situación que había entre ellos.

Sin embargo, envuelta en el calor que emanaba de su cuerpo y la fuerza de sus brazos, se quedó dormida con una satisfacción plena por todo el cuerpo, una satisfacción que jamás hubiera creído que pudiera disfrutar.

Capítulo 8

GABRIELE se detuvo en la puerta del dormitorio y se asomó para ver cómo dormía Elena. Parecía que se había estado peleando con las sábanas. Tenía una pierna enrollada en ella y los brazos extendidos hacia delante.

Él no había dormido muy plácidamente. Se había despertado una docena de veces y no la había tocado. Se había limitado a mirarla con un nudo tan apretado en el pecho que le resultaba doloroso respirar.

Le resultaba imposible comprender que hubiera sido virgen.

Elena se arrebujó en la cama y levantó la cabeza. Entonces, abrió los ojos y le miró durante un largo instante antes de hablar.

–¿Qué hora es?

–Las seis.

Elena se incorporó en la cama y se apartó el cabello del rostro y se cubrió con la sábana.

–¿Has estado haciendo deporte?

Gabriele se miró los pantalones cortos, la camiseta y las deportivas y sonrió.

–¿Cómo lo has adivinado? –le preguntó. Elena sonrió también–. Fui a correr un rato a Central Park.

Siempre había sido muy madrugador, pero aquella mañana se había levantado antes que de costumbre, lo que no era de extrañar dado que los dos se habían quedado dormidos muy temprano.

–¿Tienes hambre?

Elena apoyó la barbilla sobre las rodillas y asintió casi tímidamente.

–Voy a ducharme rápidamente y luego iré a por el desayuno. ¿Te apetece algo en especial?

Ella negó con la cabeza.

Resultaba tan evidente que estaba muy incómoda que, durante un instante, Gabriele sintió que se le hacía un nudo en el pecho. Respiró profundamente.

–Duérmete un rato más. Te despertaré cuando el desayuno esté preparado.

Sin responder, Elena volvió a tumbarse y se tapó con la sábana.

Tal y como había dicho, Gabriele se duchó y salió de nuevo. El aroma delicioso de los dónuts lo llamó desde su pastelería favorita. Mientras esperaba a que le prepararan su pedido, se puso a recordar todo lo que pasó la noche anterior con Elena, tal y como había hecho mientras corría por el parque. Normalmente, el deporte le aclaraba el pensamiento, pero en aquella ocasión...

Una de las cosas que había decidido era que no podía permitir que la virginidad de Elena nublara sus opiniones ni lo apartara de la ruta que habían decidido tomar. Ella seguía siendo la hija de Ignazio y, como él, estaba metida hasta el cuello en negocios ilícitos. Era inconcebible que no supiera nada. Solo porque fuera inocente en el sexo, no significaba que lo fuera en todo. No permitiría que ella lo apartara de su misión

Recogió su pedido y regresó al apartamento. Mientras esperaba el ascensor, su teléfono comenzó a sonar. Se trataba de un número que no reconocía.

Dejó la bolsa con la comida y el café en la mesita que había en el vestíbulo y contestó.

–*Ciao?*

–¿Mantegna?

La voz que sonaba al otro lado de la línea telefónica era música para sus oídos. Se trataba precisamente de la que había estado esperando.

–¿Ricci?

–¿Es cierto que te has casado con mi hija?

–Elena y yo nos casamos ayer a mediodía...

–Eres un hijo de...

–Tomamos la decisión sin pensar –prosiguió cordialmente Gabriele, como si Ignazio no le hubiera interrumpido–. Vamos a celebrar una fiesta dentro de un par de semanas. Se te enviará la invitación hoy mismo.

–¿A qué demonios estás jugando? –le preguntó Ignazio en tono amenazante.

–Elena y yo no estamos jugando a nada. Elena me ama.

–Te aseguro que si le haces daño, te mataré.

–¿Y por qué iba yo a hacerle daño?

–Lo digo en serio.

–¿Y por qué crees que yo le haría daño a tu hija?

Ignazio tardó un tiempo en responder.

–Elena no tiene nada que ver.

–Elena es mi esposa y ahora me pertenece. Yo no le hago daño a lo que es mío.

Con eso, dio por terminada la llamada y puso el teléfono en silencio antes de metérselo en el bolsillo trasero. Entonces, recogió el desayuno y se metió en el ascensor esperando que la euforia se apoderara de él.

Ignazio estaba herido. Aquella era tan solo una pequeña victoria, pero él había esperado poder disfrutarla de todos modos. Sin embargo, se sentía desinflado.

Al entrar en el apartamento, se encontró a Elena en la cocina tirando la comida del día anterior a la basura. Mientras se inclinaba, su respingón trasero se curvaba bajo la tela negra del pantalón para que él pudiera disfrutarlo.

Después de cuatro años de celibato, no era de extrañar que su libido hubiera vuelto a prenderse después de hacer de nuevo el amor. Lo que no había esperado era la fuerza con la que lo había hecho.

–He traído dónuts y café –dijo él mientras colocaba la bolsa en la encimera de la cocina.

–Empieza tú –repuso ella sin mirarlo–. Yo iré en un momento.

Evidentemente, quería terminar de limpiar. Se acercó al fregadero y se puso a fregar las copas.

–No hay necesidad alguna de hacer eso. Va a venir la señora de la limpieza dentro de un rato.

–Es terapéutico.

–Elena, siéntate a desayunar.

Ella estaba de pie, completamente rígida junto al fregadero. Se volvió para mirarlo y se sentó a la mesa lo más alejada de él que le fue posible.

Gabriele observó cómo comía, masticando lentamente cada bocado como si fuera una obligación que tenía que llevar a cabo.

–¿No se te ocurrió decirme que eras virgen?

–No...

–¿No te pareció que yo tenía derecho a saberlo?

–No.

–¿Por qué no?

Elena lo miró con frialdad. Aquella mirada resultaba tan diferente de la que le había dedicado mientras hacían el amor...

–¿Acaso te hice daño?

–Un poco –admitió ella.

–Lo siento... –dijo él. Lo sentía más de lo que podía expresar con palabras–. Si me lo hubieras dicho, habría tenido más cuidado.

Su mirada se suavizó un poco, pero la apartó inmediatamente.

–Y lo tuviste...

–Lo habría tenido desde el principio –afirmó él antes de tomar un sorbo de café–. No te voy a mentir. Eres una mujer muy sexy y yo no he estado con nadie desde hace cuatro años... –añadió. Elena lo miró con curiosidad–. Me lancé como una pantera. Deberías habérmelo dicho... ¿Por qué? –le preguntó. Aún no se lo podía creer.

–¿Quieres saber por qué era virgen?

–Sí.

–¿Sinceramente? Si me hubiera salido con la mía, habría seguido siendo virgen hasta la muerte. Los hombres son unos cerdos y yo sabía que jamás conocería a uno que no encajara con esa opinión. A pesar de todo, tengo que darte las gracias.

–¿Por qué?

Elena terminó de tomarse el café.

–Por haberme mostrado que solo porque un hombre sea un cerdo fuera del dormitorio no significa que no sea capaz de mostrar ternura dentro de él. Debería habértelo dicho, pero no pensé que supusiera diferencia alguna en el modo en el que me tratarías. He de admitir que no estuvo tan mal como pensé que estaría.

–¿Me estás haciendo un cumplido?

–No te dejes llevar. Puedes llamarlo una ligera alabanza –dijo ella con una ligera sonrisa en los labios.

–Entonces, esta mañana me esforzaré para pasar de la ligera alabanza a un aplauso sentido –afirmó. No añadió que, en aquellos momentos, le encantaría colocársela en el regazo y volver a poseerla.

El hecho de que Elena fuera virgen complicaba un poco su relación física y él tenía que respetar que el sexo y todo lo que conllevaba era nuevo para ella.

Sintió una profunda emoción al pensar que sería él quien le enseñaría todo sobre el arte del placer.

–¿Esta mañana? ¿No nos íbamos de viaje?

–Nuestro vuelo es a las dos. Tendremos diez horas completas para divertirnos antes de que aterricemos en Florencia.

–Me aseguraré de llevarme un buen libro entonces... –susurró ella.

La tentación de poseerla allí mismo se hizo cada vez más fuerte, pero él la controló.

–Nos marcharemos dentro de una hora –dijo Gabriele–. ¿Crees que estarás lista?

Elena asintió.

–Bien. Vamos a hacer un desvío de camino al aeropuerto.

–¿Sí?

–Sí. Vamos a ir a visitar a mi madre. Ya es hora de que conozca a su nuera.

Elena contempló la enorme casa, cuyo estilo recordaba al de un rancho. Estaba en el condado de Somerset, en los límites de Nueva Jersey.

–¡Qué casa más bonita! –exclamó ella al salir del coche–. ¿Viviste aquí?

–Sí. Mis padres la compraron cuando emigramos aquí.

–¿Cuántos años tenías?

–Diez.

–¿Cómo fue para ti tener que mudarte a un país nuevo?

–Fue divertido –comentó él mientras se dirigían a la casa–. Mis padres lo convirtieron en una gran aventura para mí.

Habían alcanzado los escalones del porche. Gabriele se detuvo antes de subirlos.

–¿Recuerdas que te dije que mi madre tiene demencia? –le preguntó. Elena asintió–. Solo...

Gabriele suspiró, sacudió la cabeza y entró en la casa. Una mujer salió a recibirlos. Al ver a Gabriele, le dedicó una afectuosa sonrisa.

–Gabriele, me alegro mucho de verte –le dijo ella en italiano. Entonces, miró a Elena que estaba tratando de ocultarse detrás de él–. Y esta debe de ser tu esposa.

La expresión del rostro de aquella mujer le dijo a Elena que aquella mujer sabía perfectamente quién era ella.

–Así es –respondió Gabriele–. Esta es Elena. Elena, te presento a Loretta, la enfermera de mi madre. ¿Cómo está hoy?

–No muy mal. Yo diría que no es un día de los peores –contestó Loretta. Abrió una puerta y los hizo pasar por un largo pasillo.

Llegaron a un espacioso salón. Allí, sentada en una mecedora al lado de la ventana estaba una frágil anciana de cabello blanco.

Loretta se acercó a ella y se agachó a su lado.

–Silvia, mira, tienes invitados.

La anciana apartó el rostro de la televisión y giró el pálido y arrugado rostro hacia ellos. Les dedicó una mirada vacía.

Elena tragó saliva al verla. Sabía que la madre de Gabriele no podía tener más de sesenta y cinco años, pero aquella mujer parecía mucho más mayor. De repente, algo pareció llamarle la atención. Se puso de pie y dejó que Loretta la agarrara del brazo.

Para angustia de Elena, Silvia no parecía haber reconocido a su hijo, sino a ella.

–Hilde –gritó–. Sabía que vendrías.

¿Hilde? Elena sintió que la sangre se le helaba en las venas. Vio que Loretta y Gabriele se miraban.

–Te he preparado una habitación –prosiguió Silvia–. Y Ginny... Jenny... ay, ¿cómo se llama? Bueno, ella nos ha preparado albóndigas, no suecas, sino italianas –añadió riendo.

De repente, Elena comprendió. ¿No había dicho Gabriele que sus madres habían sido buenas amigas? Silvia pensaba que Elena era su madre. Sabía que se parecía mucho a su progenitora por las fotos que había visto. No se había dado cuenta de lo grande que este era.

Silvia pareció darse cuenta por fin de la presencia de Gabriele.

–Hilde, has traído un amigo.

¿Qué tenía que hacer? ¿Decirle a aquella anciana que estaba equivocada? Al mirar los enormes ojos castaños, tan parecidos a los de su hijo, y ver la felicidad que emanaba de ellos, comprendió que sería una crueldad. Tragó saliva antes de tomar la mano de Silvia.

–Este es Gabriele –le dijo–. ¿Te acuerdas de él?

–No –contestó Silvia tras mirarle atentamente–. ¿Sabe Ignazio que has traído aquí un hombre? –susurró.

–Sí, lo sabe.

–Bien –respondió la anciana mientras le agarraba con fuerza la mano.

–¿Quieres que nos sentemos? –le sugirió Elena–. Estoy muy cansada.

–Iré a por algo de beber. ¿Te apetece vino? Tengo una botella de ese... ¿cómo se llama? ¿De ese vino tinto que tanto te gusta?

–Un café estará bien.

–Yo me ocuparé de traer algo para tomar –le dijo Loretta con una sonrisa.

Silvia miró a la enfermera.

–¿Te conozco?

Entre todos, lograron que Silvia volviera a acomodarse en su sillón. Elena acercó una butaca para estar cerca de ella. Gabriele se sentó en el sofá, observándolas.

–Alfredo no me ha dicho que ibas a venir –dijo Silvia.

–Debió de olvidársele...

De algún modo, consiguieron charlar, aunque no resultó fácil. Loretta les llevó café y galletas y luego desapareció. Gabriele no hizo intento alguno por participar en la conversación. Se limitó a observarlas. Elena se imaginó cómo se debía de sentir al ver que su madre charlaba animadamente con una desconocida, pero no era capaz de reconocer a su único hijo.

–Me dijeron que estabas muerta –le dijo Silvia de repente.

Elena tragó saliva para recuperarse del shock y respondió como pudo.

–Estuve enferma.

–¿Me puedes recordar de qué? No fue lo del pecho, ¿verdad?

–No. No fue cáncer. Fue una septicemia.

Elena recordaba que le habían contado que su madre se cortó un dedo mientras trabajaba en el jardín. La herida se le infectó y, después de cinco días en el hospital y de probar todos los antibióticos conocidos, los órganos le fallaron y murió.

–Se lo dije a Alfredo. Hilde no está muerta. Ella no dejaría solos a los chicos y a su niña. ¿Cómo se llama?

–Elena.

–Eso es. Elena. ¡Qué nombre tan bonito! ¿Recibiste el vestido que le enviamos?

–Es muy bonito...

–Ah, sí. Me enviaste una fotografía –dijo. Entonces, comenzó a mirar a su alrededor y se fijó en Gabriele–. Alfredo, ¿puedes ir a buscar el álbum? Hilde quiere ver las fotografías.

Gabriele no reaccionó de modo alguno al escuchar que su madre lo llamaba con el nombre de su padre muerto. Se marchó sin decir nada. Regresó minutos más tarde con un grueso álbum de fotos.

–Aquí tienes el álbum que querías –le dijo mientras colocaba el álbum sobre la mesita.

–¿Sí? Queríamos vino, ¿no es verdad, Hilde? Ese vino tinto que te gusta tanto.

–Iré a ver si puedo encontrar una botella.

Gabriele le guiñó el ojo rápidamente a Elena, aunque su rostro estaba teñido por la tristeza. Elena le dedicó una compasiva sonrisa y miró el álbum.

–¿Puedo? –preguntó. Él asintió.

Silvia comenzó a hablar de piscinas, por lo que Elena abrió el álbum. Parecía que las fotografías se habían tomado poco después de que los Mantegna emigraran. Gabriele debía de tener unos diez años por aquel entonces. Y allí estaba, con su padre en aquel mismo salón. Sonrisas idénticas para la cámara.

Elena examinó el álbum discretamente mientras seguía charlando con Silvia sobre un programa de televisión del que nunca había oído hablar.

Cuando pasó varias páginas, sintió que el corazón se le detenía. Allí estaba su padre, sentado junto a Alfredo, abrazados frente a una mesa. También los tres hermanos, sentados bajo el árbol de Navidad abriendo regalos. Gabriele estaba con ellos y también estaba su madre, con un bebé de cabello muy rubio sobre el regazo... Siguió pasando páginas, todas llenas de momentos felices que las dos familias habían vivido juntos.

Elena pensó que se iba a desmayar. Ella había estado en aquella casa antes...

Cuando por fin pudo apartar la mirada de aquellas páginas, vio que Gabriele la estaba observando. La interrogó con la mirada, pero lo único que ella pudo hacer fue sacudir la cabeza.

Gabriele reaccionó. Se puso de rodillas delante de su madre y le agarró las manos.

–Hilde y yo tenemos que marcharnos ahora.

–¿La vas a llevar a casa?

–Sí. Volveré a traerla pronto.

–¿Lo sabe Ignazio? ¿Está en la cárcel? –añadió con voz confusa.

–No.

–Pero lo estará muy pronto –afirmó Silvia con decisión antes de colocar una mano sobre la mejilla de su hijo–. Irá muy pronto, Gabriele. Me lo prometiste.

Gabriele le besó la mano y luego las dos mejillas y la frente.

–Te prometo que Ignazio Ricci pagará por sus pecados.

Silvia insistió en acompañarlos a la puerta apoyada sobre el brazo de su enfermera.

–Adiós, Veronica... –dijo. No se despidió de Gabriele.

Elena se sentía muy afectada. Regresó al coche como un zombi, donde el chófer ya los estaba esperando. No dijeron nada hasta unos minutos después.

–¿Quién es Veronica?

–La hermana de mi madre. Murió hace diez años.

–¿Está siempre así?

–Sí. Unos días son mejores que otros, pero ya pocas veces sabe quién soy –suspiró–. Ya la he perdido. A veces me cuesta recordar cómo era antes...

Un impulso la empujó a tomarle la mano y a apretársela con fuerza. Por muy difícil que le pudiera resultar, se imaginaba lo duro que aquella situación era para él. Tan solo lo había reconocido durante un fugaz instante, cuando le preguntó si Ignazio estaba en la cárcel.

–Gracias por ser tan amable con ella.

–Siento mucho que esté así...

–Hasta que la demencia se cebó en ella, era la mujer más animada que puedas imaginar.

–¿La ves con frecuencia?

–Tanto como puedo. Cuando salí de la cárcel, quise llevarla a Italia para que viviera allí conmigo, pero los médicos me dijeron que sería demasiado doloroso para ella. Voy a verla cada dos semanas y me quedo con ella un fin de semana al mes. Todo sería más fácil si tuviera hermanos, pero por suerte Loretta cuida de ella durante la semana y luego tiene otra enfermera para los fines de semana. Además, muchas amigas vienen a verla. Tengo suerte de poderle pagar todo lo que necesita para no tener que meterla en una residencia.

–Y ella tiene mucha suerte de tenerte a ti.

Elena apartó la mano. Había empezado a sentir un nudo en el pecho. Se la colocó sobre el regazo.

No quería sentir simpatía por él, pero resultaba imposible al ver que tenía a su madre atrapada en un pasado que ya no existía hacía mucho tiempo.

Sin embargo, no debería sentir deseos de abrazarlo ni de estrecharlo contra su cuerpo, acariciarle el cabello y el rostro...

–Estuvo bien que fingieras ser tu madre. Estoy seguro de que no te resultó fácil.

–Cuando me dijiste que habían sido amigas íntimas... no me había imaginado hasta qué punto. Tampoco recordaba haber estado en esa casa. De hecho, ni siquiera sabía que había estado en los Estados Unidos.

–Antes de que nosotros nos viniéramos aquí nuestras madres eran inseparables. Nuestras familias estaban muy unidas... Yo recuerdo tu bautizo –añadió él con una sonrisa.

–¿Tú estuviste en mi bautizo?

–Creo que tenía nueve o diez años. Fue poco después de que nosotros emigráramos. ¿Sabías que tu padre es mi padrino?

–¡No!

–Y mi padre es el padrino de Marco y mi madre la madrina de Franco –dijo él refiriéndose a los dos hermanos mayores de Elena–. ¿De verdad que no sabías todo esto?

–No... Parece que hay muchas cosas que no conozco.

Gabriele la miró muy fijamente. Le había parecido que tenía los ojos llenos de lágrimas.

–¿Te encuentras bien?

Ella asintió, pero luego sacudió la cabeza.

–Tu madre... El hecho de que me haya confundido con mi madre... Es la primera vez que oigo que alguien se refiere a ella de otro modo que no sea para decir que es un ángel en el Cielo. En el mundo de los Ricci, una mujer es una zorra o una madonna. Para mi padre y mis hermanos, ella era una madonna sin faltas, pero le gustaba el vino tinto... Yo no sabía que le gustaba el vino tinto –comentó mientras una lágrima le caía por la mejilla–. Sabía que nuestros padres eran buenos amigos, pero no sabía que nuestras familias también lo eran. Pasábamos las Navidades juntos...

Gabriele le tomó la mano y se la estrechó con fuerza.

–Nuestras familias eran como una verdadera familia desde antes de que yo naciera. Sin embargo, todo cambió cuando tu madre murió.

–¿En qué sentido?

–Todo paró. Cuando vinimos a los Estados Unidos, tu familia y tú veníais a hacernos muchas visitas. Tu padre estaba estableciendo su negocio aquí y sé que ellos también estaban considerando muy seriamente emigrar. Sin embargo, cuando tu madre murió, se perdió la cercanía. Tu padre seguía viniendo a visitarnos cuando estaba en el país, pero las dos familias no volvieron a reunirse...

–Vosotros nos visitabais. Yo recuerdo que tu padre y tú os alojasteis en la casa en un par de ocasiones, pero de eso hace mucho tiempo.

De repente, ella quedó sumida en un profundo silencio.

–Elena...

–Yo no sabía nada de lo que me has contado...

–¿Entiendes por qué odio tanto a tu padre? Éramos una familia –susurró mientras le acariciaba suavemente un mechón de cabello–. Yo lo quería mucho. Él no solo le tendió una trampa a mi padre, su más antiguo y mejor amigo. Dejó que yo, su ahijado, entrara en prisión. Sabía que mi padre tenía problemas de corazón, pero no le importó. Dejó que mi padre muriera.

–Mi padre no hizo eso... no sería capaz.

–Pues lo hizo y lo sabes. Has visto con tus propios ojos las consecuencias de los actos de tu padre. La traición de Ignazio, el verme a mí en la cárcel y la muerte de mi padre aceleraron la demencia de mi madre.

Elena se limpió otra lágrima y arrugó el rostro. Los labios le temblaban. Entonces, respiró profundamente y tragó saliva para tratar de recuperar la compostura.

–Siento lo que le ha pasado a tu familia y todo por lo que habéis tenido que pasar –dijo ella con voz firme–, pero te aseguro que mi familia no ha tenido nada que ver al respecto. Mi padre no es esa clase de hombre.

–Tú misma has dicho que hay cosas de tu vida que no sabías. Cosas que tu padre y tus hermanos te ocultaron. ¿No te parece entonces creíble que podrían haberte ocultado también todas estas cosas?

–No –repuso ella con obstinación.

–O estás metida en esto con ellos o no lo quieres ver. Abre los ojos. La verdad te está esperando.

Capítulo 9

ELENA se despertó sola en la casa que Gabriele tenía en Florencia, un ático de dos plantas con vistas al Palazzo Tornabuoni. Salió del dormitorio y se dirigió a la cocina a buscar café. El apartamento era incluso más grande que el de Manhattan y a pesar de su opulenta decoración conseguía trasmitir sensación de hogar. Le emocionó ver que había colgado una pintura de Giuseppe Arcimboldo en la habitación que le había cedido para que fuera su despacho.

Desde la visita que realizaron a su madre, había habido un cambio de actitud en ambos. Ya no pronunciaban la palabra *familia,* pero Elena no era capaz de dejar de pensar en ello.

¿Cómo había podido su padre denunciar a Alfredo y a su propio ahijado de ese modo? ¿Por qué no les había ayudado en su defensa? Aunque no hubiera estado implicado en el asunto, la lealtad era lo primero. La lealtad a la familia era la base de la filosofía personal de su padre y los Mantegna habían sido parte de la familia para él. Elena había visto con sus propios ojos las fotografías que lo demostraban.

Además, ¿cómo era posible que ella no hubiera sabido hasta qué punto habían estado unidas las dos familias?

Acababa de acomodarse en el balcón con un café y unos bollos recién hechos especialmente para Elena por la cocinera de Gabriele cuando él atravesó el umbral y salió también con ella.

—Buenos días, tesoro –dijo mientras se inclinaba sobre ella para darle un beso en los labios–. Te has levantado muy temprano.

–No tanto como tú –replicó ella. Giró el rostro para que Gabriele no pudiera besarlo en la boca.

En los diez días que llevaban casados la negativa de ella para besarlo se había convertido en una regla tácita entre ellos. Elena solo le permitía besarla cuando estaban delante de otras personas. Gabriele nunca había dicho nada, pero ella sabía que le molestaba profundamente.

Él no había estado bromeando cuando le dijo que se pasarían el vuelo conociéndose mejor el uno al otro. Media hora después de despegar, los dos se encerraron en el dormitorio del avión privado. Cuando aterrizaron, él le había hecho el amor a Elena tan concienzudamente que a ella le costaba mantenerse de pie. Había besado cada parte de su cuerpo. Le había hecho descubrir zonas erógenas que Elena ni siquiera había imaginado.

Cada caricia, cada beso, cada murmullo, cada aliento sobre la piel... Todo ello desataba los sentidos de Elena de tal manera que ella tenía que esforzarse para contenerse en sus respuestas.

Durante aquel periodo de luna de miel, se pasaban juntos cada instante del día. Habían establecido una rutina en la que se pasaban las primeras horas del día trabajando en sus respectivos asuntos y luego se marchaban a dar un paseo por Florencia o recorrían las colinas de la Toscana. También visitaban museos y galerías, restaurantes y sencillos cafés, la clase de cosas que Elena jamás había hecho antes. En el hogar de los Ricci, la idea de cultura que tenía su padre se resumía en una noche en las carreras de galgos.

Elena tenía que admitir que disfrutaba con la compañía de Gabriele. Le gustaba charlar con él y, además, se pasaban más tiempo en la cama de lo que ella había creído posible. Gabriele era insaciable y, aunque ella no quería darle la satisfacción de vocalizarlo, el deseo que ella sentía hacia él era igual de agudo. Lo único que no le permitía hacer en la intimidad del dormitorio era besarla en la boca. Elena sentía que esa sería la máxima traición a su familia. Tenía que recordar la razón por la que estaba con Gabriele, por mucho que disfrutara con su compañía ni lo mucho que, en secreto, ansiaba meterse con él en la cama.

Él le dedicó una resplandeciente sonrisa mientras se pelaba un plátano.

—¿Has salido ya a correr?

—Sí. He bajado por el Arno hasta el Ponte Vecchio.

—Suena muy bien. Cuando yo estoy en Roma, me gusta correr a lo largo del Tíber.

—Puedes acompañarme si quieres.

—Tal vez lo haga algún día...

—No te preocupes. Te prometo que no iré demasiado rápido para que puedas mantener el paso conmigo.

—¿Acaso crees que no voy a poder?

—Bueno, eres mucho más baja que yo –comentó con sorna–, y yo salgo a correr todos los días. No me cabe la menor duda de que tengo más resistencia que tú.

Si había algo que le resultaba irresistible a Elena era un desafío físico.

—Mañana por la mañana entonces. ¿A qué hora quieres salir?

—Normalmente salgo en cuanto me despierto, pero estaré encantado de esperar a que te despiertes tú.

—No, no. Despiértame cuando estés listo.

Gabriele le dedicó una malévola sonrisa y se tomó el resto del plátano.

—Será un placer despertarte...

Gabriele había sabido exactamente lo que tenía que decir para conseguir que Elena saliera a correr con él.

Por lo que había dicho de su infancia, siempre se había mostrado muy competitiva con sus hermanos. Decirle a Elena que no era capaz de hacer algo por ser mujer era conseguir que ella trabajara el doble de duro para conseguirlo. Era una cualidad que admiraba.

La despertó a las cinco de mañana sabiendo que dejarlo para más tarde supondría perder la tranquilidad de las primeras horas del día. Además, ningún lugar en la Tierra se podía comparar con la belleza de Florencia.

Al ver la hora, ella lanzó un grito de sorpresa, pero se levantó y se vistió sin protestar. Empezaron a correr con suavidad, pero cuando cruzaron el Ponte Alla Carraia, ella pareció empezar a disfrutar con el ejercicio y miraba continuamente a su alrededor.

—El mejor lugar para admirar la salida del sol es Piazzale Michelangelo –dijo él.

—¿Podemos ir allí ahora?

—No hay tiempo. Necesitaríamos salir al menos una hora antes de lo que lo hemos hecho hoy.

Ella lanzó una ligera exclamación de protesta.

—¿Acaso madrugar no es lo tuyo?

—No tanto –replicó ella. De repente, se giró para mirarlo. Aún no le había perdido el paso.

—¿Has salido a correr todos los días desde que llegamos aquí.

—Ya te lo dije...

—Entonces, ¿sales a correr, llegas a casa y te duchas antes de que yo me levante?

—Sí.

—¿Eres masoquista?

—Los días en la cárcel empiezan muy temprano. Me he pasado dos años levantándome a las cuatro de la mañana para que puedan revisar la celda a las cuatro y media. Se ha convertido en costumbre para mí.

—Eso es barbárico...

–Te acostumbras. Se apagan las luces a las diez y media, por lo que hay tiempo de sobra para dormir.

Elena se quedó en silencio. Seguía corriendo al paso que él marcaba.

–¿Cómo pudiste soportarlo?

–¿Te refieres a la cárcel?

–Sí.

–Tuve suerte de que mis abogados pudieran conseguir meterme en una cárcel de mínima seguridad, por lo que podría haber sido mucho peor. Sin embargo, no te mentiré. Cuando entré por la puerta, me sentí muerto de miedo ante lo desconocido. Con el tiempo, uno se adapta y todo se hace normal. Sin embargo, ya sabes lo que me dio fuerzas. Poder vengarme de tu padre. Eso era lo que me ayudaba a superar cada día... Será mejor que no estropeemos estos momentos que pasamos juntos hablando de un tema sobre el que nunca estaremos de acuerdo –añadió de repente–. ¿Qué tal vas? ¿Quieres que vayamos más despacio? ¿Más rápido?

Como respuesta, ella aceleró, sacándole una buena ventaja. Gabriele se echó a reír y apretó el paso para alcanzarla.

–Un día tendremos que hacer una carrera de verdad.

–Me ganarás...

–No es propio de ti mostrarte tan derrotista.

–Se llama realismo. Estoy tan en forma como tú, pero tú eres más poderoso. Solo te podría derrotar si estuvieras enfermo, lo que haría que fuera una tontería competir... Sin embargo, estoy segura de que podría derrotarte en una pelea...

–Pensaba que eras realista...

–La lucha y el boxeo eran una constante en la televisión de casa cuando yo era niña. Yo copiaba sus movimientos y los utilizaba contra mis hermanos. Desde que yo tenía ocho años, no han sido capaces de derrotarme en una pelea.

–¿No te ha dado por pensar que seguramente no querían hacerlo?

–Desde la primera vez que les derroté, no –replicó con una sonrisa–. Yo no me mostraba contraria a utilizar pellizcos y arañazos en lugares sensibles cuando me convenía. En ese aspecto, sí tenía ventaja. Mi padre les habría matado si hubieran utilizado las mismas tácticas conmigo.

–¿Y a tu padre no le importaba que te pelearas?

–Le parecía divertido ver cómo los machos de sus hijos caían derrotados por una niña. Así fue como me gané su respeto.

–¿Tuviste que comportarte como un chico para conseguirlo?

–Les pasaba a todos, no solo a mi padre. Los primeros recuerdos que tengo de mis hermanos eran que me trataban como si fuera una muñeca. Eso me ponía furiosa. A mi padre le parecía gracioso ver cómo su niñita le pegaba puñetazos a su hijo pequeño. Sin embargo, en realidad le vino bien.

–¿Cómo?

–Eso le dio una razón legítima para educarme en casa... No podía enviarme a un colegio de señoritas si yo me iba a liar a darles puñetazos a todas. Mis hermanos iban al colegio y tenían una activa vida social mientras que a mí me tenían encerrada. ¿Crees que estoy exagerando? –añadió al ver que Gabriele no comentaba nada al respecto.

–No. Ya me lo había imaginado.

–Fue la excusa que él necesitaba. En realidad, no me habría dejado ir al colegio bajo ninguna circunstancia. Yo era una chica y aunque había demostrado mi poder físico, necesitaba que me protegiera del mundo.

–¿No se sintió desilusionado de que su princesa se convirtiera en un chicazo?

–En lo más mínimo. No había posibilidad de que algún chico se fijara en mí si me pasaba el día vestida con vaqueros rotos y lanzando puñetazos a diestro y siniestro.

Gabriele soltó una carcajada, aunque la situación no le parecía en absoluto divertida.

–Si te mantuvo siempre tan oculta, ¿por qué te permitió que te unieras a la empresa?

–Para tenerme controlada. Mi padre sabía que no me podría mantener entre algodones cuando alcanzara la mayoría de edad –dijo ella. De repente, tuvo que dejar de correr. Le había entrado flato–. Pero me quiere mucho, como tú bien sabes.

–Lo sé.

–Y ha cambiado mucho de actitud desde que empecé a trabajar para él.

–Eso es porque había asumido que eres inmune a los hombres al ver que ni siquiera habías tenido un novio en veinticinco años –comentó Gabriele–. Tu padre dio por sentado que su chicazo sería exclusivamente para él durante el resto de su vida.

–No es eso...

–¿No? Tu madre murió cuando tú eras aún un bebé. Tu padre te mantuvo protegida más allá de lo que ninguna persona normal consideraría apropiado y solo porque tú eras una chica. Si hubieras sido un niño, tu infancia habría sido diferente y lo sabes. Por eso te convertiste en un chico, para agradarle porque pensabas que eso era lo que él quería.

Elena se encogió de hombros. Como el dolor se le había pasado ya volvió a echar a correr.

–Eso no es así. Yo vi que a los hombres se les consideraba mejor que a las mujeres y que jamás se me respetaría a menos que dejara de comportarme como una chica. No quería ser una ramera y sabía que jamás podría ser una madonna, por lo que me convertí en algo completamente diferente.

–Eres consciente de que ser una mujer no te convierte en un ser inferior, ¿verdad?

–Por supuesto que lo sé.

–Las mujeres no son rameras ni madonnas igual que los hombres no son misóginos o feministas. Todos tenemos nuestras capacidades y deseos.

Elena no contestó. Parecía estar concentrándose plenamente en la carrera.

Como el sol ya había salido, las calles estaban empezando a estar más concurridas.

–Ya casi hemos llegado a casa. Vamos a por un café.

Los dos se sentaron en la terraza de una pequeña *trattoria* y pidieron el desayuno. Cuando el camarero les llevó lo que habían pedido, les sirvió también un buen vaso de agua a cada uno.

–Parece que lo necesitan.

Elena se secó la frente con el reverso de la muñeca. Parecía ser el único lugar en el que estaba sudando mientras que la camiseta de él estaba completamente empapada.

–¿Con cuánta frecuencia ves a tu padre? –le preguntó él. Había notado que, desde que llegaron a Florencia, Elena le llamaba todos los días.

–Más o menos con la misma frecuencia que tú ves a tu madre –contestó ella–. Yo me ocupo de Europa mientras que él trabaja con mis hermanos en Asia y América del Sur.

–¿Quién se ocupa de la división de América del Norte?

–En estos momentos, esa es una parte muy pequeña del negocio. Vendemos componentes a fabricantes de coches, pero nuestros equipos de diseño y fabricación están en otros países.

–Antes no era así. Cuando emigramos, tu padre creó

muchas divisiones en los Estados Unidos. Ahora, todas están cerradas y se han mudado a otro lugar del mundo. En estos momentos, Brasil es su lugar favorito para los negocios.

–¿Qué es lo que quieres decir con eso?

–¿Con cuánta frecuencia visita tu padre los Estados Unidos? ¿Cuándo fue la última vez que pisó suelo estadounidense? ¿Y tus hermanos?

–No lo sé... Yo no los controlo hasta ese punto.

–¿Ha mencionado alguna vez tu padre la intención de visitar los Estados Unidos?

–No –dijo ella. Se tomó un trozo de bollo y lo miró fijamente a los ojos–. ¿A qué vienen tantas preguntas?

–¿Se te ha ocurrido que podría haber una razón para que tu padre ya no venga los Estados Unidos?

–No y te agradecería mucho que dejaras de tratar de envenenarme en su contra.

–No quiero envenenarte. Lo único que quiero es que pienses.

Elena lo miró fijamente.

–¿Significa eso que crees que fuera lo que fuera lo que ocurriera entre nuestros padres yo no tuve nada que ver en ello?

–¿Significa eso que aceptas que soy inocente? –replicó él.

–Yo he preguntado primero.

Gabriele dio un largo sorbo a su café antes de responder.

–No lo sé... Para mí, resulta inconcebible que no supieras los delitos que cometía tu padre... Sin embargo, cuanto más te conozco, más difícil me resulta.

–¿Tienes dudas?

–Muchas.

–Si te sirve de algo –dijo ella con una cierta tristeza–, yo creo en tu inocencia.

–¿Por qué?

–Cuanto más te conozco, más sé que no emprenderías una venganza sin una buena razón. Crees que mi padre es el culpable y una parte de ti sigue pensando que yo también estoy implicada. Sin embargo, eso no excusa lo que me has obligado a hacer. Nada justificará eso nunca. Puede que yo crea en tu inocencia, pero no pienses ni por un instante que te perdonaré porque eso no ocurrirá nunca.

–No te he pedido que me perdones. Si tu inocencia se demuestra, me disculparé –respondió él–. Sin embargo, no nos dejemos llevar. Tú misma admitiste que no existen pruebas de tu inocencia.

Elena estaba bajo el chorro de agua caliente de la ducha. Esperaba que el poder del agua sirviera para aliviar su maltrecho corazón. Hasta aquella mañana, los dos habían evitado hablar del padre de Elena o de la familia en general, y ella deseó que aquella conversación no hubiera ocurrido nunca. No quería pasarse lo que quedara de su matrimonio abriendo viejas heridas.

Lo que más odiaba sobre Gabriele eran las dudas que le metía en la cabeza.

Las llamadas a su padre cada vez resultaban más difíciles. No importaba el número de veces que ella le dijera que todo iba bien porque no conseguía que él se quedara convencido. Lo que menos le gustaba escuchar en la voz de su padre era un pánico latente. Comprendía que su matrimonio con Gabriele había sido un shock para él, pero le daba la impresión de que había mucho más que eso. Estaba segura de que su matrimonio con Gabriele le asustaba.

A pesar de que se esforzaba por pensar lo contrario, no podía evitar preguntarse si Ignazio habría estado implicado en los delitos de Alfredo. Estaba segura de que no le había tendido una trampa, pero ¿qué sabía ella sobre cómo se llevaba el negocio en América del Sur y en Asia? Y las preguntas de Gabriele sobre cuándo había sido la última vez que su padre visitó los Estados Unidos...

No lo recordaba. Recordaba que cuando era niña lo hacía con frecuencia. ¿Acaso su padre y sus hermanos tenían miedo de pisar suelo estadounidense? Si era así, ¿por qué?

Si las autoridades de los Estados Unidos tenían algo en contra de él, podrían pedir una orden de arresto internacional, ¿no? Sin embargo, según le había asegurado Gabriele, todas las pruebas estaban en el sótano de la capilla de Nutmeg Island, que las autoridades no podían tocar sin pruebas.

¿Cómo reaccionaría su padre si ella le pidiera el código de la capilla?

Se odiaba por dudar de él. Se odiaba por tener que reprimir la pregunta cada vez que hablaba con él. Se odiaba por temer las respuestas. Y se odiaba por no poder olvidar las imágenes que había visto en el álbum de Silvia.

Entre las dos familias había una bonita historia que se había borrado totalmente. Lo que ella había sido eran simplemente unas líneas borrosas. Todo el color y la vitalidad de aquellos años se había transformado en oscuridad.

Lo que más odiaba del todo era no poder parar de preguntarse qué más se le habría ocultado.

Capítulo 10

LA SEDE central de Mantegna estaba localizada en las afueras de Florencia, en un enorme complejo industrial. Elena lo vio por primera vez mientras avanzaban por la cima de una colina. Gabriele había decidido conducir aquel día y había sacado un pequeño coche deportivo, por lo que decidió parar para que ella pudiera admirar la vista.

El complejo estaba formando por más de una docena de edificios futurísticos y hangares, rodeados por un circuito de pruebas. En el centro, estaba el famoso edificio azul eléctrico, construido con la forma de un diamante, que sostenía una M plateada sobre el reluciente tejado. Mantegna Cars tenía plantas por todo el mundo, pero su corazón estaba en la Toscana.

–¿Han terminado ya los trabajos de remodelación? –le preguntó ella.

–La parte más importante se completó hace un mes –contestó él–. Tuvimos unos cuantos problemas, pero nada de importancia. Cuando presentemos el Alfredo el mes que viene, todo funcionará a la perfección.

El nuevo modelo del exclusivo deportivo sería un homenaje al padre de Gabriele y se convertiría en un acontecimiento mundial por el que suspiraban todos los que formaban parte del mundo del motor.

–¿Cómo lo has hecho? –le preguntó ella maravillada–. El jefe de una de las empresas automovilísticas más importantes del mundo se pasa dos años en la cárcel por fraude y blanqueamiento de dinero, pero, en vez de ver cómo su negocio se desmorona, este se vuelve más fuerte que nunca.

Gabriele estaba mirando por la ventana y tardó bastante rato en responder.

–Me ayudó mucho que mis empleados creyeran en mí –dijo él por fin–. Se ocuparon del negocio durante mi condena. Todos estábamos decididos a luchar, al igual que la mayoría de mis inversores. Creían en mi inocencia. La expansión envió un mensaje muy claro al mundo. El lanzamiento del Alfredo será la cima, la mejor prueba de que nuestros coches son los mejores del mundo y que no vamos a permitir que nadie nos destruya.

Elena lo miró boquiabierta. ¿Cómo era posible que alguien inspirara una lealtad tan ciega? Ella no tenía esa confianza en sus propios empleados. Estaba segura de que la lealtad era para con sus nóminas. Tan solo habían bastado un par de rumores infundados que hizo correr Gabriele para que un puñado de los bancos de su padre comenzaran a reclamar sus descubiertos.

Sin embargo, el personal y los inversores de Gabriele lo habían apoyado y habían luchado por él.

Volvió a arrancar el coche y muy pronto estuvieron entrando en el vestíbulo de la sede central de Mantegna Cars.

El interior del edificio era tan futurista como el exterior. Gabriele insistió en enseñarle todo el edificio. No se le ocultó nada. Todos los secretos de Mantegna se le revelaron, algo que a Elena le pareció asombroso e increíblemente emotivo.

Desde que salieron a correr juntos, habían encontrado una armonía relativa, pero, como tan solo faltaba un día para la fiesta de celebración de su boda, Elena estaba algo nerviosa sabiendo que su padre y sus hermanos iban a asistir. Por lo tanto, aquella visita era la manera perfecta de olvidarse de todo lo que podría depararle el día siguiente.

Como Repuestos Ricci fabricaba piezas para coches, todo le resultaba muy familiar. Le sorprendió ver que había muy poca división por géneros en los puestos de trabajo. En la planta de fabricación trabajaban muchas mujeres, lo que le sorprendió. En Repuestos Ricci se solía contratar a las mujeres tan solo para trabajos de despacho.

Ella había llegado a aceptar que su propio trabajo era de despacho. Todo lo que Ricci fabricaba, se manufacturaba en Asia o en América del Sur. Lo más cerca que estaba del proceso de fabricación era a través de las importaciones.

–Veo que tu ingeniero jefe es una mujer –comentó mientras regresaban al edificio principal.

–Sí –replicó él, como si el asunto al que ella se había referido no tuviera importancia alguna.

Elena se preguntó si aquella mujer hubiera tenido que enfrentarse a la misoginia para llegar donde estaba, tanto en su familia y en el mundo en general. ¿O acaso su familia apoyaba sus sueños?

De regreso al edificio, Gabriele la llevó a la sala multimedia, donde un grupo de ejecutivos los estaba ya esperando. El café y las bandejas de comida estaban sobre la mesa.

En una pantalla de televisión, se proyectó un montaje del nuevo deportivo recorriendo las colinas de la Toscana.

–Es precioso –dijo Elena maravillada.

–Me alegro de que te guste.

–¿Es este el anuncio que se va a utilizar?

–No. Es solo para el lanzamiento para la prensa. No tenemos necesidad de publicitarlo –dijo él mientras tomaba un mini pastelito de queso–. Realizamos anuncios para los coches más orientados a la familia. De este coche solo se fabricarán quinientos y ya están todos vendidos.

—Entonces, ¿por qué hacer un lanzamiento mundial?

—Este coche es un homenaje a mi padre y quiero que el mundo lo vea. Quiero recordarle a todo el mundo que es inocente. Además, el lanzamiento supone publicidad para la marca Mantegna y prestigio para nuestros compradores. Se sienten parte de un club exclusivo que todo el mundo conoce, pero del que no pueden formar parte.

—Estoy empezando a sentir la tentación de pedirte que hagas uno más solo para mí...

—¿Como regalo de boda?

—De divorcio más bien.

Gabriele la abrazó y le dio un beso en la sien. Le gustaba que ella no se quedara totalmente tensa e inmóvil cada vez que él la tocaba. Le gustaba mucho.

—Veré qué puedo hacer.

Resultaba increíble pensar que, tan solo hacía un mes, solo pensar que un Ricci, el que fuera, pudiera conducir uno de los coches que tenían el nombre de su padre le habría parecido como una daga que le atravesaba el corazón.

—Por lo menos, te puedo ofrecer que lo pruebes —dijo él—. Le pediré a Monty, nuestro probador, que te saque a la pista la próxima semana.

—Eso sería maravilloso.

Gabriele la miró. Aquel día iba vestida con su habitual traje pantalón y una camisa de color malva, pero se había maquillado y peinado más cuidadosamente. Estaba muy hermosa. Había veces que podía comprender por qué Ignazio se había tomado tantas molestias a la hora de protegerla. Elena tenía algo que hacía que un hombre descubriera su parte más posesiva. Se trataba de una mezcla de vulnerabilidad y de fuerza. Era una mujer capaz y decidida, pero a la vez muy frágil, que lo único que quería era que se la tratara con respeto.

Anna Maria entró en la sala y captó la atención de Gabriele. Él se excusó y fue a reunirse con ella junto a la puerta. Tenía una sonrisa de excitación en el rostro.

—Tenemos pruebas —dijo en voz muy baja.

Automáticamente, Gabriele se volvió para mirar a Elena, que en aquellos momentos estaba charlando con el director de publicidad.

—¿Estás segura?

—Sí. Carlos me ha enviado por correo electrónico las pruebas.

Gabriele cerró los ojos.

Carlos era uno de los colaboradores más estrechos de Ignazio. Aparte de sus hijos, no había nadie en quien Ignazio confiara más. Haber podido comprar la lealtad de Carlos estaba empezando a dar resultados.

—Necesito los originales —dijo Gabriele.

Mientras los dos hablaban, Elena se volvió para mirarlo y le dedicó una tímida sonrisa. ¿Cómo reaccionaría cuando supiera lo que él había estado haciendo a sus espaldas y lo que pensaba hacer con las pruebas que consiguiera?

No le había mentido. Su contrato era muy claro. El matrimonio y un hijo a cambio de que él destruyera los documentos que había copiado en la capilla. Sin embargo, en el contrato no se estipulaba que no pudiera seguir tratando de conseguir pruebas para limpiar el nombre de su padre y hacer que borraran también su registro criminal.

Que Elena hubiera dado por sentado que el acuerdo verbal original cubría también este punto no era su problema.

No obstante...

Sintió un gran peso en el pecho cuando se imaginó la reacción que ella tendría.

—¿Echaste mucho de menos a tu madre cuando eras niña? —le preguntó Gabriele mientras regresaban de camino a casa.

—No tanto como en la adolescencia —respondió ella—. Fue entonces cuando la eché realmente de menos.

—¿No había contrapunto para tanta testosterona?

Elena sonrió.

—Eso es. En realidad, casi nunca tuve relación con una mujer. Los profesores que venían a casa para darme clase eran hombres, al igual que todos los que trabajaban en el mantenimiento y limpieza de la casa. Además, todos los primos que tengo por parte de mi padre son chicos.

—¿Y el resto de tu familia? ¿Mantienes relación con la familia por parte de tu madre?

—Mi madre era sueca y toda su familia vive allí. Solo los he visto un puñado de veces cuando era niña.

—¿Y ahora? Ahora pasas mucho tiempo en Escandinavia por temas de trabajo. ¿No tienes contacto con ellos?

—Son unos desconocidos para mí. Tenía doce años la última vez que los vi...

—Pero ya no tienen por qué seguir siéndolo...

—Tengo un par de primas de mi edad que quisieron ser amigas mías, pero yo las rechacé. Ahora es demasiado tarde para esperar una relación.

—¿Y por qué las rechazaste?

—Porque eran chicas. Eran hermosas, educadas y tenían los vestidos más bonitos del mundo, mientras que yo era tan solo un chicote que acudía a una fiesta vestida con ropa de chicos.

–¿Y querías ser como ellas?

–No lo sé... Supongo que quería parecerme un poco a ellas, pero no sabía por dónde empezar. Además, no quería darles a mis hermanos munición alguna para que me recordaran que yo era una chica. Las chicas eran carne barata con la que divertirse, ¿te acuerdas?

–Siento mucho que crecieras pensando así.

Gabriele cerró el coche con un gran peso en el corazón y entró en el apartamento con Elena. Cuando ella se excusó para irse a dar una ducha, Gabriele aprovechó la oportunidad de ponerse al día con sus correos. Carlos había accedido a conocerlo en persona. Y por cien mil dólares más, llevaría los originales.

Gabriele no lo dudó. Estaba dispuesto a gastar el dinero que fuera para exonerar a su padre y limpiar su propio apellido. Lo que fuera.

Anna Maria estaba convencida de que, por una cantidad mayor, se podría persuadir a Carlos para que testificara en persona. Sería Gabriele quien tendría que convencerle.

El final se acercaba. Si pudiera convencer a Carlos para que testificara, Ignazio Ricci estaría acabado. Sin embargo, la satisfacción de un plan que estaba a punto de dar sus frutos era inexistente. Cuando Elena y él se separaran, ella se quedaría sola. ¿A quién podría acudir? ¿A sus hermanos? De ninguna manera. Sin embargo, tenía familia en Suecia...

De repente, se le ocurrió una idea. Llamó a Anna Maria inmediatamente.

–Necesito que localices a la familia que Hilde Ricci tenía en Suecia –le ordenó–. Llámame en cuanto tengas algo.

Al día siguiente por la noche, Elena y él celebrarían su boda. De todos los asistentes, solo ellos pensarían que era mentira. Asistirían familiares y amigos por parte de Gabriele, pero tan solo su padre y sus hermanos por parte de Elena. Si su idea salía bien, tal vez podría igualar un poco más la situación.

Sintiéndose un poco mejor consigo mismo, se dirigió al dormitorio convencido de que Elena ya habría terminado de ducharse. Ella se pasaba más tiempo en la ducha que nadie que conociera. Con cualquier otra mujer, habría recibido invitación de unirse a ella, pero con Elena no era así. Sabía que era su manera de quitarse el estrés que él le suponía.

Ella estaba inclinada hacia delante, envuelta en una enorme toalla mientras se secaba el cabello con otra más pequeña. Al ver a Gabriele, se incorporó rápidamente y volvió a meterse en el cuarto de baño.

Después de tres semanas de pasarse juntos prácticamente todos los momentos del día, resultaba increíble ver que ella aún se comportaba tan tímidamente con él.

Respiró profundamente y se desnudó.

Momentos más tarde, Elena regresó con su bata puesta. Llevaba el cinturón muy apretado en la cintura, tanto que a él le sorprendió que pudiera respirar.

Elena se quedó atónita al ver que Gabriele no se había quitado los calzoncillos.

–¿Te vas a duchar tú ahora? –le preguntó tras apartar la mirada.

–Pronto.

¿Cuándo tendría el valor suficiente para estar desnuda delante de él fuera de la cama?

–¿Vamos a salir a cenar?

–Sí.

Como ninguno de los dos sabía cocinar muy bien y a Gabriele le convenía que sus empleados no estuvieran en casa demasiado porque había notado que Elena se mostraba mucho más desinhibida cuando estaban solos, cenaban fuera la mayoría de las noches.

Se acercó a ella y le agarró los brazos suavemente. Entonces, la colocó frente al espejo y le desató el nudo de la bata. A continuación, le quitó la bata y dejó que esta cayera a sus pies.

–¿Qué es lo que ves?

Elena miró su reflejo en el espejo.

–¿A ti y a mí?

–Olvídate de mí. Mira tu reflejo y dime qué es lo que ves.

–Veo... Me veo a mí.

–¿Y quién eres tú?

–Elena.

–¿Y quién es Elena?

Ella apretó los labios. Gabriele se colocó tras ella y le colocó las manos en la mandíbula. Tras hacer que reclinara la cabeza a un lado, le recogió el cabello y le dio un beso en el cuello.

–Cuando te miro, veo a una mujer muy hermosa –susurró él mientras le besaba el hombro–. Una mujer inteligente... apasionada...

Gabriele comenzó a besarle la espalda y luego, le deslizó la lengua por la columna vertebral hasta quedar de rodillas detrás de ella. Entonces, le besó el trasero.

–No eres ni una zorra ni una madonna. Eres una mujer con deseos y necesidades propios.

Elena estaba completamente inmóvil, pero Gabriele sentía que estaba temblando. Se colocó delante de ella, de manera que el abdomen de Elena quedaba frente a su boda. Colocó los labios sobre él y la miró.

Ella lo estaba observando con aprensión en la mirada, confusa, pero excitada.

–No eres una mujer que finge ser un hombre. Eres una mujer. Tienes fuerza y unos labios lo suficientemente tiernos como para poder curar una herida con un beso.

Depositó uno sobre el vientre y deslizó la lengua hasta la cadera. A continuación, se dirigió de nuevo hacia la rubia entrepierna. Al oler su excitación, apretó la nariz contra el delicado vello y aspiró.

–Hueles a mujer, no a hombre –susurró. Sacó la lengua y le acarició el excitado clítoris.

Un suave gemido se escapó de los labios de Elena.

–Tienes la piel más sedosa que ninguna otra mujer. Mírate en el espejo y dime lo que ves...

El deseo le había oscurecido los ojos, pero se miró.

–Veo... –susurró. Su voz sonaba laboriosa, como si le costara hablar.

–¿Ves a la mujer con el poder de ser quien quiera ser? ¿Ves a la mujer que puede enfrentarse a la pasión que arde dentro de ella? Porque esa es la mujer que yo veo cuando te miro, Elena.

Elena bajó las manos para agarrar la cabeza de Gabriele, hundiendo los dedos en su cabello.

Él enterró el rostro en el calor de su cuerpo y le colocó una mano en la espalda para sujetarla. Entonces, delicadamente, utilizó la lengua para darle placer. Dudaba que se cansara alguna vez de ver cómo ella alcanzaba el orgasmo.

La primera vez había sido especial. Descubrir que era virgen le había sorprendido a él tanto como sentirlo dentro de su cuerpo a Elena. Ver cómo la expresión de su rostro iba cambiando lentamente para expresar gozo y placer sabiendo que ella estaba disfrutando entre sus brazos había sido mucho más especial. Gabriele había pensado que nada más podría igualarlo.

Aunque sabía que sus pensamientos solo confirmarían la opinión de Elena de que todos los hombres eran cerdos, no podía evitar el placer que le producía saber que solo él había descubierto la pasión oculta de Elena. Él provocaba cada respuesta de su cuerpo. Cada vez que ella le tocaba, le excitaba al máximo saber que él era el único hombre que la había tocado de aquella manera. Y el único al que ella había tocado.

El deseo que sentía hacia él no era algo que Elena pudiera ocultar. Gabriele había aprendido a leer muy bien a su esposa. Sus ojos respondían con sinceridad, pero seguía sin permitir que su cuerpo hiciera lo mismo.

Esperaba que llegara el día en el que ella le sedujera a él, cuando apretara los labios alrededor de su masculinidad. Si se dejara llevar, si se librara de todas sus inhibiciones y dudas, podría ser una amante explosiva.

No obstante, sabía que ella no tenía razón alguna para confiar en él. Cuando se ganara su confianza, su matrimonio habría terminado.

Sin embargo, en aquellos momentos, los dedos de Elena se hundían con fuerza en su cabello, los muslos le temblaban, haciendo que los pensamientos de Gabriele se desvanecieran y que se concentrara exclusivamente en ella y en su placer.

Solo cuando sintió que ella se dejaba llevar, la miró y sonrió al ver la expresión de gozo que había en su rostro. Entonces, le agarró firmemente las caderas y se levantó y la izó entre sus brazos. Entonces, la transportó a la cama y la tumbó. Elena separó las piernas para él y, con un único movimiento, Gabriele la penetró.

Hasta aquel momento, no se había dado cuenta de lo profundo que era su propio deseo. Un deseo que lo acompañaba ya casi de un modo permanente.

Capítulo 11

ELENA estaba muy nerviosa. Gabriele le frotó la muñeca con el pulgar para que se relajara.

–Estoy seguro de que tu familia se comportará como es debido –le dijo mientras se dirigían andando al hotel en el que se iba a celebrar la fiesta.

–No es su comportamiento lo que me preocupa...

Más de cien invitados iban a asistir a la fiesta. Y todos y cada uno de ellos conocían la animadversión que existía entre su padre y su esposo.

¿Desde cuándo había empezado a pensar en Gabriele como su esposo?

No tuvo tiempo de pensar en aquel detalle dado que acababan de llegar al hotel. Los periodistas comenzaron a acosarlos, pero el hotel había reforzado la seguridad y había acordonado la entrada para que nadie pudiera acercarse.

Elena agarró con fuerza la mano de Gabriele. Juntos subieron las escaleras bajo la cegadora luz de los flashes y las incesantes preguntas. En el interior del hotel, el director salió a recibirlos al vestíbulo y les dio la bienvenida con una copa de champán. Gabriele había reservado todo el hotel, que era uno de los más prestigiosos y antiguos de la ciudad de Florencia.

Anna Maria estaba en el salón de baile esperándolos. Gabriele se dirigió para saludar a la banda, que contaba con más de media docena de álbumes de gran éxito y había volado especialmente desde los Estados Unidos para la fiesta.

–¿Qué te parece? –le preguntó Anna Maria.

–Todo está precioso –respondió Elena mientras miraba a su alrededor.

Miró a Gabriele, que estaba charlando con el cantante de la banda y deseó...

¿Qué era lo que deseó? ¿Que aquello fuera real? ¿Que su matrimonio pudiera haber nacido del amor y no del odio ni de la venganza?

Gabriele la vio y le indicó por medio de gestos si le apetecía tomar algo.

Muy agradecida por el gesto, levantó la copa a medio llenar de champán. Él le guiñó un ojo y le indicó que se reuniría con ella dentro de un momento.

Elena volvió su atención de nuevo a Anna Maria para tratar de deshacerse del anhelo que sentía porque Gabriele estuviera a su lado. Se fijó en el traje arrugado que la asistente llevaba puesto.

–¿Te vas a cambiar pronto?

–Solo he venido para supervisar el evento.

–Bueno, para eso está el personal del hotel –replicó Elena–. Tómate la tarde libre y únete a nosotros.

–No puedo.

–Claro que puedes, insisto. Aquí hay una boutique y una peluquería –le dijo mientras sacaba su tarjeta de crédito–. Toma esto y cómprate lo que quieras. Yo misma se lo diré a Gabriele.

Al escuchar el nombre de su jefe, algo se reflejó en el rostro de Anna Maria. Durante un instante, Elena se preguntó si la asistente personal de su esposo estaría enamorada de él, pero lo descartó inmediatamente. No era experta en relaciones, pero no parecía haber nada que indicara que pudiera haber entre ellos más que una relación laboral.

Podría ser que desaprobara el hecho de que todo fuera una farsa y no le pareciera bien participar de ello.

–Te lo ruego –dijo Elena agarrándola del brazo–. Las dos sabemos la verdad de mi matrimonio, pero eso no significa que no puedas disfrutar de la velada. Además, no conozco a muchas personas y me resultará agradable ver un rostro familiar.

Anna Maria se mordió los labios y miró a Elena con algo en la expresión de su rostro que volvió a hacer saltar las alarmas. Entonces, sonrió y asintió.

–Gracias. Es muy amable por tu parte.

–Ve a ponerte guapa.

Anna Maria habló brevemente con Gabriele. Este volvió a guiñar el ojo a Elena mientras su asistente se marchaba del salón.

Elena siguió mirándolo. Estaba muy guapo con su esmoquin negro y pajarita. Elena, por su parte, se sentía como una mujer aquella noche.

Se había puesto un vestido que le había recomendado Liana, pero que compró sin tener nunca intención de ponerse. Para empezar, mostraba piel. Su piel. Estaba confeccionado en crepé de China. Tenía una caída espectacular. Los tirantes eran finos y el escote dejaba al descubierto la parte superior de sus senos, por lo que resultaba imposible llevarlo con sujetador. Tenía un estampado de remolinos de color turquesa y el corte de la falda tenía capas. Una le llegaba por la mitad del muslo y la otra por la mitad de la pantorrilla, lo que provocaba que, al andar la falda tuviera mucho movimiento.

Además, se había puesto unas sandalias color nude con un tacón bastante alto que sujetaban el pie con una única tira a través de los pies y otra al tobillo. La tira del pie iba adornada con cristales. Elena jamás se había sentido tan alta ni poseedora de unas piernas tan hermosas.

En la peluquería, le habían realizado un recogido muy elegante, dejándole el flequillo peinado hacia un lado y unos mechones sueltos a ambos lados de las orejas. Llevaba un maquillaje sencillo que, después de varias semanas de práctica, había conseguido por fin realizar sola. Poco a poco, había ido acostumbrándose e incluso le encantaba ir maquillada. Además, Gabrielle, al verla, le había silbado con apreciación.

Debería odiarle más que a nadie en el mundo, pero, de repente, se había dado cuenta de que ya no le odiaba. Por eso, cuando él se acercó y le agarró la mano, sintió una sensación de plenitud en el corazón tal que se la apretó cariñosamente. Notó un nudo en el pecho que le impedía hablar.

–Lo que has hecho por Anna Maria ha sido un detalle precioso –dijo él mientras le devolvía la tarjeta de crédito–. Le he dicho que se compre lo que quiera y que lo ponga en la cuenta de la fiesta. Debería habérseme ocurrido a mí.

La tentación de levantar la mano y tocarle el rostro era tan fuerza que le costó resistirse. Al final, lo consiguió ocupando las manos en guardar la tarjeta en el bolso.

–Parecía tan cansada que estuve a punto de decirle que se marchara a casa.

Gabriele la miró a los ojos como si estuviera buscando algo en ellos. La necesidad que ella sintió de tocarle creció de tal manera que levantó la barbilla hacia él y separó los labios...

Un fuerte ruido proveniente del escenario rompió el momento. Elena apartó rápidamente la mirada, tratando desesperadamente de recuperar el control de sí misma.

–Ya están empezando a llegar los invitados –murmuró ella.

Agradeció la distracción porque había estado a punto

de besarlo, no de cara a los demás, sino porque, en aquel momento, lo había deseado más que nada en el mundo.

Muy pronto, el salón de baile estuvo lleno de invitados. Muchos de ellos les llevaron regalos, a pesar de que ellos habían reiterado que no querían nada. Elena se sintió fatal al ver la mesa cargada de paquetes. Experimentó de nuevo el anhelo de que todo aquello fuera real...

Aquella sensación desapareció cuando llegaron su padre y sus hermanos. Al verlos, Gabriele interrumpió la conversación que estaba teniendo con una pareja.

—La familia de Elena ha llegado —dijo—. Tenemos que ir a darles la bienvenida.

Elena sentía el corazón a punto de estallar. Los dos se dirigieron hasta el bar, donde estaban los cuatro hombres disfrutando de una copa de champán. Decidió enfrentarse a la situación con valentía. Esbozó una alegre sonrisa.

—Muchas gracias por venir —les dijo muy contenta.

Observó cómo Gabriele les daba la mano. Entonces, Roberto, el menor de los hermanos, miró a Elena de arriba abajo con un gesto de desprecio en el rostro.

—¿Qué te ha hecho este Mantegna? Pareces una chica...

—Más bien una ramera —comentó Franco en voz baja, aunque lo suficientemente audible para que Elena lo escuchara.

Antes de que a Elena se le ocurriera una respuesta adecuada, Gabriele les dedicó una mirada de desaprobación que detuvo en seco sus carcajadas. Tomó a Elena de la mano y la estrechó con posesión.

—Vuestra hermana es una mujer hermosa e inteligente —dijo con desprecio—. Os agradecería que, si tenéis en mente otras puyas machistas, os aseguréis de que ella no os oye ni yo tampoco.

Los cuatro lo miraron con la boca abierta. El padre

le dio un codazo a Franco para advertirle de que no volviera a realizar comentario alguno. El problema que tenían los cuatro Ricci era que sabían que Gabriele tenía algo en mente para haberse casado con Elena, pero no sabían de qué se trataba ni lo que tenía intención de hacer. No querían enfrentarse a él.

—Ahora, si nos perdonáis, han llegado más invitados —les espetó Gabriele con voz gélida—. Estoy seguro de que tendremos la oportunidad de charlar más tarde. El bufé quedará abierto muy pronto, así que tendréis mucho en lo que ocuparos.

Cuando se llevó a Elena de allí, ella no sabía si reír o llorar. Por primera vez en su vida, había visto de verdad a su familia más cercana. Había visto a cuatro hombres obesos y groseros, que parecían estar a punto de hacer una audición para el papel de gánster de poca monta en una película de Scorsese.

Entonces, Gabriele le presentó a otra persona que consiguió que su padre y hermanos pasaran a un segundo plano.

—¿Elena? —le preguntó una elegante mujer rubia.

—¿Tía Agnes?

Se sentía tan asombrada de ver allí a la hermana de su madre que casi no podía articular palabra. No tuvo que decir nada más, porque su tía la estrechó entre sus brazos con fuerza.

—Me alegro tanto de verte —le dijo Agnes—. Te he echado tanto de menos...

—¿Has venido sola? —quiso saber Elena después de haberse sonado la nariz y haberse secado las lágrimas con un pañuelo que le dio Gabriele.

—Henrick está en Canadá por negocios, pero Lisbeth sí ha venido conmigo. Ahora está cambiando de ropa a Annika. ¿Sabías que tiene una niña? —le preguntó. Elena negó con la cabeza—. Malin quería venir también, pero va a dar a luz dentro de tres semanas, por lo que el médico no le permitió volar. ¿Está aquí tu padre?

–Sí.

Agnes hizo un gesto de dolor, pero no dijo nada más. Antes de que Elena le pudiera preguntar, Agnes volvió a tomar la palabra.

–Aquí vienen Lisbeth y Annika...

Todas se abrazaron con alegría. Elena tomó en brazos a la pequeña y la miró con cariño.

–No me puedo creer que hayas tenido un bebé –dijo maravillada–. La última vez que te vi habías empezado a utilizar el sujetador.

Lisbeth se echó a reír.

–Y la última vez que yo te vi a ti me dijiste que era una tonta y me tiraste del cabello.

–Me siento muy mal por no haber mantenido el contacto con vosotras...

–Eso no fue culpa tuya –le dijo Agnes–. Yo soy responsable de eso. Jamás debería haberle sugerido a tu padre que te vinieras a vivir con nosotras.

–¿Cómo dices, tía? –le preguntó asombrada. Otra cosa más que desconocía.

–Cuando tenías doce años estabas muy triste y yo pensé que era injusto que tu padre te mantuviera siempre encerrada. Pensé que le parecería bien que disfrutaras de un poco de compañía femenina, pero él pensó... otra cosa.

–¿Por eso dejamos de veros?

–Ya sabes cómo es tu padre. Rige su vida con puño de hierro y no aprecia la disensión, en especial si se trata de una mujer.

Elena miró a Gabriele, que se había marchado para hablar con un grupo de hombres. Él jamás trataría a una mujer de ese modo, sino como una igual. Ni encerraría a una niña. Empezó a comprender que el hecho de que no quisiera que su posible hijo tuviera contacto con su padre y hermanos era para beneficio del pequeño. Además, le había hecho el mejor regalo posible trayendo a su familia desde Suecia para darle una sorpresa.

Al ver cómo miraba al que era su esposo, Agnes sonrió.

—Creo que tu esposo no se parece en nada a tu padre. Debe de amarte mucho....

No. No la amaba. Gabriele no podía amar nunca a alguien que llevara la sangre de los Ricci en las venas, pero lo que había hecho al llevar a su familia a Italia...

Unos minutos más tarde, Gabriele se acercó a la mesa que ocupaban las mujeres.

—Perdónenme, señoras, pero necesito llevarme a mi esposa. Ha llegado el momento de que digamos unas palabras a nuestros invitados.

Elena se levantó y le pidió a Gabriele que le diera unos minutos para poder ir al cuarto de baño. Él asintió y le dijo que la esperaría junto al bar.

Tras retocarse el maquillaje y refrescarse un poco, Elena salió del aseo para encontrarse frente a frente con su padre. Ignazio abrió los brazos y la estrechó contra su cuerpo cariñosamente. Elena se recriminó por haber tenido dudas sobre él. Después de todo, era su padre.

—¿Eres feliz, Elena? —le preguntó él mirándola a los ojos—. ¿Ese Mantegna te trata bien?

—Me trata muy bien y soy muy feliz con él —respondió ella. Al pronunciar las palabras, supo que era verdad lo que decía.

Era muy feliz con Gabriele, tanto que, en ocasiones, se olvidaba de la verdadera razón por la que estaban juntos. De hecho, la trataba mejor de lo que nadie la había tratado en su vida. Si era capaz de tratarla así a ella, no se quería imaginar cómo trataría a una mujer de la que estuviera verdaderamente enamorado.

–¿Cuándo vas a volver al trabajo? –le preguntó su padre–. Tus empleados te echan de menos.

–Aún necesito solucionar algunas cosas –respondió ella–, pero volveré pronto al despacho. Te lo comunicaré muy pronto –le prometió dándole un beso en la mejilla.

–Si te hace daño...

–Lo sé –afirmó ella–. Te lo diré, pero no me lo hará.

–¿Qué es lo que te dice sobre mí?

Elena había temido aquella pregunta. Siempre había creído que sentiría la tentación de confesarlo todo porque no podría mentir a su padre. Sin embargo, la mirada que vio en los ojos de su progenitor le hizo guardarse sus confesiones para sí.

A su padre le preocupaba algo. Y a Elena le aterraba pensar lo que ese algo podría ser.

Evitó tener que darle una respuesta cuando el cantante de la banda reclamó su presencia en el escenario. Al recordar que Gabriele la estaba esperando, le dio a su padre un último abrazo y se marchó.

Gabriele observó cómo su esposa se dirigía hacia él. Mientras la observaba, llegó a la conclusión de que jamás había visto a una mujer más hermosa. Cuando ella por fin llegó a su lado, Gabriele le tomó la mano y tomó el micrófono para darles las gracias a todos los presentes.

–Ya sabéis cómo es esto –dijo a continuación–. Un día se conoce a una persona y la vida tal y como se había conocido hasta entonces cambia para siempre. Sin embargo, eso es lo que hace el amor. Lo pone todo patas arriba y marca la persona que te roba el corazón...

Sin poder evitarlo, comparó mentalmente a Elena con Sophie. Las comparaciones eran imposibles. Seguramente ella habría creído en su inocencia y no le habría abandonado. De hecho, creía en él. Después de todo lo que le estaba haciendo, creía en él.

Sin embargo, si le llevara al FBI las pruebas de todo lo que tenía tal y como era su intención, Elena no volvería a creer en él nunca más. La destrozaría. ¿De verdad podía hacerlo? ¿Acaso Elena no había sufrido ya lo suficiente?

Los aplausos de los invitados lo sacaron de sus pensamientos. Evidentemente, todos creían que había terminado, por lo que la banda comenzó a tocar.

Gabriele tomó a Elena entre sus brazos y juntos comenzaron a bailar. Ella le dedicó una de esas tímidas sonrisas que él tanto adoraba.

Elena comenzó a moverse contra él. Los muslos de ambos se rozaban. Sin poder contenerse, ella se puso de puntillas y, sin dejar de mirarlo a los ojos, le dio un tierno beso.

Gabriele se quedó inmóvil. No sabía si era un beso de gratitud o algo más. Solo cuando ella se apretó contra su cuerpo y separó los labios, Gabriele se atrevió a creerse que era algo más.

Se olvidó de que, semanas atrás, había organizado aquella fiesta con el único propósito de lucirla del brazo delante de su padre. Ya nada de eso importaba.

El beso de Elena era el más erótico que había experimentado nunca. Le deslizó la mano por la espalda y le agarró la nuca con la mano para poder besarla con la misma languidez que ella lo había besado a él.

Gabriele la estrechó con fuerza contra su cuerpo y deseó de todo corazón que todo pudiera ser diferente.

Capítulo 12

EL RESTO de la velada pasó llena de felicidad. Elena no había esperado disfrutar de la fiesta, pero así fue. Además, volver a reunirse con su familia sueca fue el mayor acontecimiento de la noche. Cuando se separaron al final de la fiesta, lo hicieron con promesas de volver a verse muy pronto.

Regresaron al apartamento en silencio. Iban de la mano, caminando.

Elena estaba completamente segura de que jamás había sentido algo tan profundo ni tanta gratitud por nadie. Aún recordaba cómo se había enfrentado a sus hermanos o el detalle de traer a su familia de Suecia. Gabriele lo había hecho por ella sin motivo alguno. No podía explicar cuánto significaba para ella. El único modo que se le había ocurrido había sido darle lo único que le había estado negando desde el principio. Por eso le había besado.

Cuando llegaron al apartamento, se fueron directamente al dormitorio. Gabriele dejó la americana sobre una silla del salón. Al entrar en el dormitorio, Elena cerró la puerta y se apoyó contra ella. Sin dejar de mirarlo, se apoyó contra la puerta y se quitó las sandalias. Entonces, dio un paso al frente y, tras agarrar una mano de Gabriele, se la colocó sobre el pecho para que él pudiera notar los alocados latidos de su corazón, un corazón que, sin que ella lo supiera, había florecido.

Se acercó un poco más a él y le dio un beso en el cuello. A continuación, fue deslizando poco a poco los labios hacia arriba, hasta que por fin llegó a la boca. Le rodeó el cuello con los brazos y lo besó apasionadamente, explorándolo con los labios y la lengua. El calor se apoderó de su tembloroso cuerpo.

Gabriele la sostenía entre sus brazos, pero dejó que fuera ella la que llevara la iniciativa. Y eso fue lo que hizo Elena. Le deslizó los dedos por el torso y le desabrochó los botones de la camisa. Mientras lo hacía, profundizaron el beso.

Poco a poco y entre los dos, fueron quitándole toda la ropa a Gabriele. Cuando por fin estuvo completamente desnudo, la erección se irguió hacia el vientre de Elena. Ella nunca pensó que podría sentir tanta necesidad por alguien. Jamás había soñado que llegaría el día en el que ardería físicamente por un hombre ni que su corazón latiría tan rápidamente por él.

De repente, rompió el beso y se apartó de él.

–Siéntate en la cama –le ordenó.

Gabriele hizo lo que ella le había ordenado. Cuando terminó de colocarse contra el cabecero, Elena respiró profundamente y se agarró el vestido con las manos para sacárselo por la cabeza. Aquel movimiento le soltó el recogido y el cabello le cayó gloriosamente sobre los hombros.

Lo único que ella llevaba puesto eran un par de braguitas de encaje blanco. Elena se sonrojó, pero no hizo intento de cubrirse, como solía pasar.

Gabriele se agarró a las sábanas de la cama y tragó saliva para no abalanzarse sobre ella, arrojarla sobre la cama y hundirse en ella tal y como tan desesperadamente deseaba.

Elena se acercó a la cama y, sin dejar de mirarlo, se quitó las braguitas muy lentamente, torturándole. Por fin, se subió a la cama y se colocó encima de él a horcajadas. Comenzó a besarle como si lo necesitara tanto como respirar. Entonces, aquella hermosa boca comenzó a deslizarse por la garganta de Gabriele. La lengua iba trazando el camino, pero ella le besaba también por todas partes, aunque sin dejar de bajar en ningún momento por el abdomen. Los dedos exploraban y prendían en él tantas sensaciones que le resultaba casi imposible respirar.

Cuando ella le acogió por fin entre sus labios, Gabriele apretó los puños. Nunca antes había experimentado algo similar. Un deseo tan puro y tan profundo.

Gruñendo de placer, observó cómo la cabeza de Elena se movía de arriba abajo. Se sentía desesperado por poder tocarla, pero no quería hacerlo por temor a que ella se asustara o se rompiera el momento.

Cuando llegó al punto en el que creía que iba a explotar, Elena volvió a retomar el camino hacia el torso. Los senos le rozaban la piel a su paso. En el momento en el que llegó a los labios, se hundió en él, acogiéndolo en la húmeda calidez de su cuerpo con un único movimiento.

Gabriele la rodeó con sus brazos y dejó que ella comenzara a moverse. Unos suaves gemidos se le escapaban de la boca, gemidos que no tardaron en convertirse en gritos de placer. Él llevaba noches soñando con el deseo que estaban compartiendo en aquellos momentos, pero jamás había imaginado que sería así de maravilloso, tanto que no quería que terminara.

Cuando sintió que el orgasmo se acercaba, apretó los dientes para contenerse, pero la suavidad de la piel de Elena, la sensación de encajar perfectamente dentro de ella y la fricción del movimiento le hicieron comprender que se trataba de una batalla perdida.

Entonces, Elena comenzó a gritar su nombre y a

hundirse tan profundamente como podía en él y Gabriele ya no pudo contenerse más.

–Dios, Elena... Dios...

Las pulsaciones se le habían acelerado, llevándole a un lugar que nunca había imaginado que existía. Su corazón jamás había latido tan rápido.

Mucho más tarde, cuando el letargo se había apoderado de él y el sueño había llegado para reclamarle junto a Elena, que estaba enredada plácidamente sobre su cuerpo, Gabriele abrió los ojos por última vez para mirarla y darle un suave beso en la frente. Entonces, cayó en el más profundo y satisfactorio sueño de toda su vida.

Aquella mañana, Gabriele no salió a correr. El sol, al igual que Elena, se había despertado antes que él.

La encontró en el balcón, tomándose un café. Al verla, sintió un profundo deseo de tomarla en brazos y volver a llevarla a la cama.

–Espero que no te importe que me haya puesto esto –dijo ella. Se refería a la bata azul marino de Gabriele.

–En absoluto –repuso él mientras se sentaba junto a ella y comenzaba a servirse también un café–. Te has levantado muy temprano.

–Me dolía la tripa y me he tomado un analgésico. Significa que no estoy embarazada.

El alivio se apoderó de él. Jamás hubiera pensado que aquella era precisamente la noticia que estaba esperando. Si Elena no estaba embarazada, se podía quedar a su lado más tiempo.

La miró fijamente, tratando de leer la expresión de su rostro.

–¿Estás desilusionada?

–Un poco... No sé por qué, pero pensé que pasaría rápidamente...

–Pasará cuando sea su momento –susurró él mientras le deslizaba el pulgar por la mejilla–. ¿De verdad quieres tener un hijo?

Ella abrió los ojos como platos.

–Mucho. Jamás pensé que yo... Como mi intención era seguir virgen hasta que me muriera y dado que se necesita la ayuda de un hombre para concebir –comentó ella riendo–. Bueno, por eso jamás pensé que estaría en situación de decir que tener un hijo podría ser posible. Tienes que irte pronto, ¿no?

–Sí...

Gabriele no quería marcharse de su lado, pero, al mismo tiempo, se moría de ganas por marcharse. ¿Qué demonios le estaba ocurriendo?

–Regresaré el martes –le dijo mientras se ponía de pie y volvía a besarla.

Gabriele le había dicho el día anterior que tenía que marcharse a América de viaje de negocios. No había especificado a qué parte de América iba, por lo que Elena no sabía que se marchaba a Brasil. Sería la primera vez que se separaran desde que él la rescató de Nutmeg Island.

–Cuando llegues de nuevo a casa –susurró ella–, podremos volver a ponernos a hacer un bebé...

¿Cómo podía estar así Elena con él? ¿Cómo podía siquiera soportar mirarle?

Respiró profundamente y le dio un beso, esperando que no fuera el último.

Cuando se metió en el coche una hora más tarde, supo que tendría que tomar una decisión pronto. Al día siguiente se reuniría con Carlos en Brasil. Si Gabriele jugaba bien sus cargas, recibiría los documentos originales que tanto deseaba. Y si pagaba el precio que Carlos pedía, podría conseguir que él testificara en persona.

Si todo salía como esperaba al cabo de unos pocos

días, Ignazio estaría en la cárcel. Y él perdería a Elena para siempre.

Elena salió del coche de pruebas y se quitó el casco. Tenía una amplia sonrisa en los labios. Con toda seguridad, esa debía de ser una de las mejores experiencias de su vida.

Monty, el probador oficial, la llamó aquella mañana para decir que tenía un hueco en su agenda y que el coche estaba disponible para ella. Elena no se lo había pensado dos veces. Se había montado en el deportivo que Gabriele le había cedido y se había marchado a la sede central de Mantegna.

Como sabía que él estaba volando de camino a Florencia, no se molestó en llamar a Gabriele para contarle lo ocurrido porque él le había dicho que iba a regresar a primera hora de la tarde. Le estaba echando tanto de menos que le daba miedo. Sentía un vacío en todo su ser.

Sabía que pronto llegaría el día en el que tendría que acostumbrarse a echarle de menos permanentemente. No había futuro para ellos. Fueran cuales fueran los sentimientos que ella tenía, seguía siendo una Ricci. Sin embargo, desde la fiesta algo se había transformado entre ellos y los había cambiado en lo más fundamental. Si era suficiente o no...

Después de quitarse los monos con los que habían estado conduciendo, se dirigió al aparcamiento. Estaba a punto de pasar por la puerta principal cuando se fijó en un coche que estaba aparcado frente al edificio. Vio que el conductor de Gabriele estaba apoyado contra las puertas del mismo, fumando un cigarrillo.

–¿Está Gabriele aquí? –le preguntó a la recepcionista cuando entró en el edificio.

–Sí. Llegó hace aproximadamente una hora. Está en su despacho –le respondió la mujer.

–Gracias.

Elena comprobó su teléfono y vio que tenía varias llamadas perdidas, ninguna de las cuales era de Gabriele. ¿Qué estaba haciendo allí? Cuando habló con él la noche anterior, no mencionó en ningún momento que fuera a llegar más temprano.

Tenía tantas ganas de verlo que no se planteó nada más. Se dirigió corriendo hacia su despacho. Junto a la puerta, vio un hombre cuyo aspecto le resultaba familiar. No se preocupó de más y llamó a la puerta.

Anna Maria abrió y se asombró mucho de verla allí. Gabriele se puso de pie como movido por un resorte al verla.

–¡Elena! ¿Qué es lo que estás haciendo aquí? –le preguntó él atónito.

–¿Qué es lo que está pasando aquí? –replicó ella. Entró en el despacho esperando encontrar ropa interior por el suelo.

–Nada –contestó Gabriele mientras recogía unos papeles que tenía sobre la mesa–. Simplemente no te esperaba.

A pesar de Gabriele, Elena se acercó a la mesa y trató de ver qué había escrito en los papeles sin conseguirlo. Evidentemente, había algo en ellos que él no quería que viera. Un escalofrío le recorrió la espalda...

Agarró los papeles que Gabriele aún no había guardado. Él trató de arrebatárselos, pero fue demasiado tarde. Ese hombre que esperaba fuera... Por fin comprendió quién era...

–No... No... Anna Maria, déjanos a solas... –susurró. No tardó en escuchar cómo la puerta se cerraba a sus espaldas–. Supongo que esto explica por qué Anna Maria se ha mostrado tan esquiva conmigo...

–Elena, deja que te explique...

–¿Qué es lo que quieres explicar? ¿Que me has estado mintiendo todo este tiempo? ¿Que me has engañado para que me casara contigo y poder salvar así a mi padre de la cárcel a pesar de que no has dejado nunca de tratar de hundirle?

–Yo no te he engañado... El contrato nunca especificó nada sobre el hecho de que yo no pudiera proseguir con mi lucha para limpiar mi nombre ni tratar de encontrar las pruebas que demuestren que tu padre estaba detrás de ese fraude...

–¡Ahora me estás mintiendo! ¡Me has mentido desde el principio! –rugió ella–. Sabías muy bien que yo pensaba que casarme contigo significaba que ibas a dejar a mi padre en paz, que mi familia estaría a salvo. Dios... estaba empezando a pensar que eras alguien especial... Y no has dejado en ningún momento de mentirme ni de utilizarme... Eres un maldito canalla...

–¡Maldita sea, Elena! –exclamó él desesperado–. Me pasé dos años en la cárcel por un delito que cometió tu padre. Mi padre murió con el corazón roto y ya has visto cómo está mi madre... ¿De verdad crees que puedo olvidarlo? Tu padre se merece pagar por esas cosas...

–Si mi padre es responsable, sí, por supuesto que se merece pagar, pero yo no. No he hecho nada, ni a ti ni a tu familia ni a nadie –comentó. Sentía que se le había roto el corazón y empezó a llorar–. Y tú sabes que es cierto. Sabes que soy inocente, pero no te importa mientras tú consigas tu venganza.

–Elena...

–¿Cuánto has pagado a Carlos para que se convierta en un traidor? ¿Cuánto le has pagado para que mienta en tu nombre?

–No se trata de mentiras –dijo él–. Es la verdad. Lo

único que he buscado siempre. Quiero que se sepa la verdad sobre mi familia y que mi apellido quede limpio. Sin embargo, te juro que no sabía que tú eras inocente... Si hubiera sido así, jamás te habría implicado en todo esto...

–¿Y se supone que con eso debo contentarme? Como si yo pudiera creer otra palabra que saliera de tu boca... No soy nada más que un peón para ti en este juego. Te odiaré el resto de mi vida...

Elena se dio la vuelta y se dispuso a salir del despacho.

–¿Adónde vas? –le preguntó él. El pánico teñía su voz.

Ella se volvió para mirarlo por última vez.

–Tan lejos de ti y de tu sucia vendetta como pueda llegar. No quiero volver a verte nunca más.

Elena abrió la puerta y se marchó dando un portazo. Gabriele se quedó mirando el lugar por el que ella se había marchado. Sintió náuseas. ¿Qué había hecho? ¿Qué era lo que había hecho?

Capítulo 13

ELENA fue al apartamento de Gabriele para recoger su pasaporte y dejar las llaves del coche. Todo lo demás se podía ir al infierno.

Desde Florencia, tomó un avión a Suecia. Allí, alquiló un coche en el aeropuerto y se dirigió a la pequeña ciudad en la que había crecido su madre. Le parecía que en toda su vida no la había necesitado más que en aquellos instantes. Durante el largo trayecto en coche, no se permitió pensar en Gabriele. Por lo que a ella se refería, no existía.

Por fin, llegó a una preciosa cabaña de madera frente a un lago. Apagó el motor y contempló la imagen con un nudo en la garganta. Aquel era el lugar en el que su madre había pasado su infancia y allí estaba la única mujer que podía sustituirla en aquellos momentos.

La puerta de la casa se abrió y salió Agnes. Resultaba evidente que no comprendía qué era lo que estaba pasando.

–¿Elena?

Ella trató de explicarse, pero no pudo. Agnes debió de ver en su expresión la angustia que la atenazaba, por lo que, en vez de bombardearla a preguntas, la tomó entre sus brazos y le susurró tiernas palabras al oído.

–Elena... Es tan maravilloso tenerte aquí...

Al escuchar a su tía, Elena se echó a llorar.

Horas más tarde, Elena estaba sentada a la mesa de cocina de su tía tomándose un té. Agnes había mandado a Henrick, su esposo, a hacer unos recados y le había pedido que no se diera prisa en regresar. Elena aprovechó aquella intimidad para contarle todo a su tía, hasta el más sórdido de los detalles.

—¿Crees que tu padre está implicado? —le preguntó Agnes cuando Elena terminó de hablar.

—No lo sé... Hay tantas cosas que no me ha contado nadie... ¿Crees tú que es capaz de hacerlo?

—Si me lo hubieras preguntado hace veinticinco años, te habría respondido que no —contestó Agnes—. Sin embargo, después de perder a tu madre... ¿Qué es lo que sabes del matrimonio de tus padres?

—No mucho. Sé que se conocieron cuando mi madre estaba de vacaciones en Italia.

—Así fue —dijo Agnes con una sonrisa—. Fue amor a primera vista para los dos. Yo nunca había visto a Hilde tan feliz. Sin embargo, tu padre es un hombre muy posesivo. No podía soportar perderla de vista ni un instante. No le gustaba que hablara con otros hombres.

—¿No estás tratando de decirme que...?

—¿Que si la pegaba? No. Nunca. Sin embargo, no se habría pensado dos veces darle una paliza a cualquier hombre que le perdiera el respeto o se acercara demasiado a ella. Esto disgustaba mucho a mi hermana... Te voy a contar todo esto para que comprendas cómo tu padre se convirtió en el hombre que es ahora. Cuando tu madre murió... Creo que él no lo ha superado nunca... Cubrió con un manto protector a sus hijos. Adoraba a los chicos, pero tú siempre fuiste la niña de sus ojos. Te adoraba. Eras un chicazo, pero a la vez le recordabas mucho a tu madre... Creo que tu padre no podría soportar que no lo consideraras un hombre perfecto... Es natural que solo queramos ver lo mejor en las personas que amamos —añadió Agnes con voz compasiva—. Tu padre y tú siempre habéis estado muy unidos... Si tu

padre estuviera detrás de todo esto, estoy segura de que
haría todo lo posible para protegerte de ello...

–Tengo que hablar con él, ¿verdad?

Agnes asintió y le agarró la mano a través de la mesa.

–Sospecho que eres la única persona que podría conseguir sacarle la verdad.

Elena suspiró. Había estado escondiendo la cabeza en
la arena demasiado tiempo. Tenía que hablar con su padre cara a cara inmediatamente, antes de que Gabriele y
Carlos acudieran al FBI. Si no lo habían hecho ya.

Ignazio respondió el teléfono inmediatamente. A pesar
de que al principio dudó, accedió a reunirse con Elena en
Suecia. Llegó a la casa de Agnes al día siguiente.

El hecho de que aún estuviera en libertad la tranqui-
lizó. Significaba que Gabriele sabía que sus pruebas no
eran lo suficientemente fuertes o que el FBI las había
rechazado.

Elena lo saludó en la puerta.

–Hace tantos años desde la última vez que estuve en
esta casa –susurró mientras ella le conducía a la cocina,
donde Agnes les había preparado el almuerzo–. ¿Qué
es lo que te ha traído aquí?

–Quería ver a la tía Agnes. No te preocupes. Han
salido. Estamos los dos solos.

–¿Mantegna no está contigo?

–No. Le he dejado.

–Vaya... Si lo hubiera sabido, habría traído champán
–comentó su padre con una sonrisa en los labios.

Elena no respondió. Se limitó a retirar la tapa de la
cacerola y se dispuso a servir la comida.

–¿Significa eso que has visto la luz? –prosiguió su padre–. Se lo dije a tus hermanos. Les dije que no se preocu-
paran por ti porque tú sabes bien a quién debes ser leal.

–La lealtad de Gabriele está con su padre –dijo ella escogiendo con mucho cuidado las palabras.

Algo se reflejó en el rostro de su padre. En ese momento, todas las dudas de Elena cristalizaron para dejar paso a la verdad. Todo era cierto. Todo. Todo lo que Gabriele le había dicho.

–Elena...

Miró el rostro preocupado de su padre y todo comenzó a dar vueltas a su alrededor. Por fin, comprendió que la verdad era lo que su corazón llevaba semanas tratando de decirle, pero ella no había querido verlo.

Gabriele se puso un gemelo y se miró en el espejo. Su chófer estaba esperándolo para llevarlo a la sede de Mantegna, donde lo estaban esperando más de dos docenas de periodistas para asistir al lanzamiento mundial del Alfredo. Aquel día representaba la culminación de un año de duro trabajo. Por fin un coche honraría el nombre de su padre. Sin embargo, no parecía importarle nada.

Elena no estaría a su lado en aquella ocasión. No volvería a estar nunca a su lado.

Como parecía haber desaparecido de la faz de la Tierra, Gabriele había contratado a unos detectives privados que habían estado buscándola por los cinco continentes. Por lo menos habían conseguido averiguar que acababa de aterrizar en Roma.

La sensación de alivio fue indescriptible. Después de cinco días de angustia, por lo menos sabía que ella estaba viva. Sabía que no querría volver a verlo. Se negaba a contestar sus llamadas y sus mensajes. ¿Cómo iba a poder ponerse delante de ciento cincuenta personas para dar un discurso cuando no podía pensar en otra cosa que decir que no fuera suplicarle a Elena que regresara a su lado?

No había defensa para lo que había hecho. Cuanto

más se torturaba pensándolo, más aceptaba lo ciego y despreciable que había sido con ella.

Los ojos se le habían llenado de lágrimas, pero parpadeó para que desaparecieran al escuchar un gran revuelo al otro lado de la puerta de su dormitorio. Salió del vestidor y fue a abrir. Anna Maria estaba allí, con el rostro arrebolado.

–¿Has visto las noticias?

La casa de Elena estaba en una zona residencial muy tranquila del distrito Parioli, en Roma. Habían pasado dos horas desde que Anna Maria le enseñara a Gabriele la noticia que dominaba todos los canales de la televisión italiana y, seguramente, también de la estadounidense. En ese espacio de tiempo, había ordenado que un helicóptero lo transportara desde Florencia hasta Roma. Un taxi le había llevado hasta la puerta de la casa de Elena.

Respiró profundamente para armarse de valor y subió los escalones hasta la puerta. Apretó el timbre y llamó varias veces con los nudillos. Por fin, después de lo que le pareció a Gabriele una eternidad, Elena abrió la puerta.

–Elena, ¿puedo entrar? –le preguntó. Ella negó con la cabeza–. Te lo ruego... Solo te robaré un minuto de tu tiempo...

Ella volvió a decir que no. Gabriele bajó la cabeza y suspiró.

–Lo entiendo –musitó él–. Yo no espero que me creas, pero quiero que sepas que no he tenido nada que ver con el arresto de tu padre. Destruí todas las pruebas que tenía. Solo quería que lo supieras y decirte también que no se puede expresar con palabras lo mucho que siento lo que te he hecho.

Elena no respondía, pero al menos seguía escuchándolo...

–A mi padre se le rompería el corazón si supiera lo que he hecho en su nombre, forzándote a un matrimonio que no deseabas... Lo hice para vengarme de tu padre, no de ti. Sin embargo, te utilicé porque estaba convencido de que tú estabas compinchada con tu padre... Descubrí que no eras nada de lo que esperaba. Lo eras todo para mí. Lo eres todo. Me enamoré de ti, Elena, pero la venganza me cegaba de tal manera que no supe verlo... Sé que nunca me perdonarás, pero quiero que sepas que yo tampoco me perdonaré a mí mismo. Querías verme arder en el infierno y lo has conseguido. Todos los días que paso sin ti son una agonía.

–Sé que no fuiste tú quien hizo que arrestaran a mi padre –dijo ella de repente, cuando Gabriele se disponía a marcharse. Abrió la puerta de par en par–. Lo sé porque fui yo.

Gabriele vio que ella tenía el rostro enrojecido. Había estado llorando. Aquella confesión provocó que se echara a llorar de nuevo. Gabriele se acercó a ella y la tomó entre sus brazos. Todo aquello era culpa suya.

–He sido yo... –murmuraba ella una y otra vez contra su pecho–. He hecho que mi padre confiese. Le dije que, si no lo hacía, no me volvería a ver. ¡Ay, Gabriele! Lo siento tanto... Os culpó a tu padre y a ti de lo ocurrido y dejó que tú fueras a prisión. Lleva años blanqueando dinero. Tú tenías razón desde el principio y yo no lo quise ver.

–Amor mío, por favor... No tienes nada de lo que disculparte –susurró él mientras le acariciaba suavemente el cabello.

–No te creí...

–Es natural. Es tu padre. Todos queremos creer siempre lo mejor de nuestros padres...

De repente, Elena se apartó de su lado y lo miró atónita.

–Deberías estar en el lanzamiento. Esta era la gran noche para tu padre...

–No importa. Tú eres lo único que importa. Mi padre lo comprendería... Elena –dijo él mientras le enmarcaba el rostro entre las manos–. ¿Por qué le obligaste a confesar?

–Porque lo que hizo fue despreciable. Lo que os hizo a ti y a tu familia... aún me cuesta creer que fuera capaz de hacer algo así... Lo que le ocurrió es que tenía celos del éxito de tu padre. Cuando mi madre murió, los celos se acrecentaron. Vio que tu padre tenía una familia feliz y un negocio boyante y no lo pudo soportar. Cuando se enteró de que el FBI le seguía la pista, hizo que pareciera que tu padre era el responsable sin remordimiento alguno. Trato de comprender por qué lo hizo, pero jamás podré perdonarle por lo que te ha hecho a ti.

–Escúchame. Sea lo que sea lo que ha hecho, sigue siendo tu padre. ¿Crees que podrías dejarme entrar para que podamos seguir hablando dentro?

Elena no se movió.

–Quiero que sepas lo especial que eres para mí. Le pedí a Carlos que se marchara y destruí todos los documentos que tenía contra tu padre. Yo había perdido la fe en la humanidad y tú me la devolviste. Por ello, te amo más de lo que nunca creí que fuera posible y jamás me perdonaré por lo que te he hecho.

–Ahora verás por fin cómo se limpia el apellido de tu familia.

–Sí. Eso significa mucho para mí, pero siento que te ocasione a ti un peaje tan alto.

–Sobreviviré... Sobreviviré si tú estás a mi lado...

Elena miró al hombre que amaba y deseó que él pudiera ver el interior de su corazón y leer lo que había dentro.

–Tú me salvaste, Gabriele. Me hiciste ver quién soy

realmente y me enseñaste a no avergonzarme por ser mujer. Por ser yo. Sin ti, mi vida no tiene sentido –susurró mientras le acariciaba suavemente la mejilla–. Te amo, Gabriele. Y te perdono.

–¿Me amas? ¿Me perdonas? –repitió él con incredulidad–. Si me das una segunda oportunidad, te prometo que jamás volveré a mentirte.

–Lo sé...

De repente, Gabriele se puso de rodillas ante ella y le tomó la mano.

–Elena Ricci, ¿me harás el honor de divorciarte de mí?

–¿Cómo dices? –le preguntó ella atónita.

–Quiero que nos divorciemos para que luego me puedas conceder el grandísimo honor de casarte conmigo, pero esta vez de verdad. Te amo y quiero pasarme el resto de mi vida contigo. ¿Lo deseas tú también?

–Más que nada en el mundo –susurró ella con los ojos llenos de lágrimas–. Te amo, Gabriele.

Él le agarró la mano para quitarle la alianza de boda y, tras arrojarla al suelo, besó el lugar que había estado ocupando. Entonces, la miró a los ojos y dijo:

–El próximo anillo que te ponga será para siempre porque mi corazón te pertenecerá para toda la eternidad.

–Mi corazón también te pertenece y así será para siempre.

Entonces, le dio un enorme beso en los labios.

–¿Quieres entrar ahora?

–Claro que quiero. Entremos y hagamos un niño.

Y lo consiguieron.

Epílogo

VAS a llegar tarde –le dijo Lisbeth en el momento en el que Elena entró en la habitación del hotel. Lisbeth ya tenía puesto su vestido de dama de honor.

Elena estaba tranquila. Sabía que tenía mucho tiempo. Además, Gabriele la esperaría lo que hiciera falta. Se había marchado después del desayuno para ir a ver a su padre a la cárcel, donde estaba esperando sentencia. Había sentido que no podía casarse sin verlo primero. Le había alegrado mucho escuchar que él le daba su bendición.

Se dio una ducha muy rápida y dejó que Lisbeth y Malin se pusieran a arreglarla. Le secaron y peinaron el cabello, la maquillaron y, por fin, llegó el momento de ponerse el vestido. Cuando terminaron, Elena se sintió una verdadera novia.

El vestido color marfil le sentaba como un guante. Tenía una cola de casi dos metros y relucía bajo la luz. Se sentía muy hermosa.

La iglesia del condado de Somerset en la que iban a casarse también parecía relucir. El sol de otoño refulgía sobre sus blancos muros.

Había llegado el momento. Era el día de su boda. El día en el que se comprometería a pasar el resto de su vida con el hombre que amaba.

Se dirigió al altar del brazo de su tía Agnes, con sus primas detrás. Gabriele la estaba esperando ya para convertirse en su esposo. Una vez más. Iba vestido con un elegante esmoquin negro y la miraba con adoración mientras Elena avanzaba hacia él.

Elena sonrió al ver que su madre estaba sentada junto a Loretta en los primeros bancos. Por eso habían decidido casarse allí, con la esperanza de que el día de la boda se encontrara bien y pudiera asistir.

Sus deseos se habían visto cumplidos.

Cuando por fin intercambiaron sus votos, Gabriele le colocó una alianza de oro en el dedo que llevaba grabados los nombres de ambos junto al anillo de diamantes que le había regalado el día después de que los dos se confesaran su amor. Entonces, el sacerdote los declaró marido y mujer. Gabriele y Elena Mantegna-Ricci. La vida que crecía en el vientre de Elena sacaría lo mejor de sus padres.

Bianca

Su plan para seducir a su bella oponente contribuyó a que el acuerdo resultara todavía más dulce

El magnate Massimo Sforza aprendió desde muy pequeño que las emociones eran para los débiles. Disfrutaba aplastando a sus oponentes en la sala de juntas tanto como de las muchas mujeres que pasaban por su cama. Pero su nueva rival no se parecía a nadie que hubiera conocido con anterioridad…

La jardinera de espíritu libre Flora Golding era lo único que se interponía entre Massimo y la adquisición del impresionante *palazzo* italiano en el que ella se escondía. No contaba con que la pasión de Flora emborronaría la línea vital que separaba los negocios del placer…

FLORES Y LÁGRIMAS

LOUISE FULLER

Acepte 2 de nuestras mejores novelas de amor GRATIS

¡Y reciba un regalo sorpresa!

Oferta especial de tiempo limitado

Rellene el cupón y envíelo a
Harlequin Reader Service®
3010 Walden Ave.
P.O. Box 1867
Buffalo, N.Y. 14240-1867

¡Si! Por favor, envíenme 2 novelas de amor de Harlequin (1 Bianca® y 1 Deseo®) gratis, más el regalo sorpresa. Luego remítanme 4 novelas nuevas todos los meses, las cuales recibiré mucho antes de que aparezcan en librerías, y factúrenme al bajo precio de $3,24 cada una, más $0,25 por envío e impuesto de ventas, si corresponde*. Este es el precio total, y es un ahorro de casi el 20% sobre el precio de portada. !Una oferta excelente! Entiendo que el hecho de aceptar estos libros y el regalo no me obliga en forma alguna a la compra de libros adicionales. Y también que puedo devolver cualquier envío y cancelar en cualquier momento. Aún si decido no comprar ningún otro libro de Harlequin, los 2 libros gratis y el regalo sorpresa son míos para siempre.

416 LBN DU7N

Nombre y apellido	(Por favor, letra de molde)	
Dirección	Apartamento No.	
Ciudad	Estado	Zona postal

Esta oferta se limita a un pedido por hogar y no está disponible para los subscriptores actuales de Deseo® y Bianca®.
*Los términos y precios quedan sujetos a cambios sin aviso previo.
Impuestos de ventas aplican en N.Y.

SPN-03   ©2003 Harlequin Enterprises Limited

La novia secuestrada
Barbara Dunlop

Para hacer un favor a su padre encarcelado, el detective Jackson Rush accedió a secuestrar a Crista Corday el día de su boda con el hijo de una familia de la alta sociedad de Chicago. Su trabajo consistía en evitar que se casara con un timador, no en seducirla, pero los días que pasaron juntos huyendo de la familia del novio no salieron según lo planeado.

Crista no sabía el peligro que le acechaba. Jackson no podía explicárselo sin revelar quién le había enviado. Y era un riesgo que podía costarle todo, salvo si Crista se ponía bajo su apasionada protección para siempre.

Dos días juntos cambiaron todas las reglas

La prometida huida había regresado

Habían pasado siete años desde que Sierra Rocci dejara plantado a Marco Ferranti el día de su boda y, cuando ella regresó a Sicilia para recibir su herencia, descubrió que ¡todo lo que debía llevar su nombre pertenecía a Marco!

Marco pensaba que la venganza sería dulce, pero descubrió que era mucho más dulce el recuerdo de los tímidos besos que había compartido con Sierra. Aun así decidió que, en esa ocasión, sería él quien le diera la espalda. Sin embargo, necesitaba que Sierra lo ayudara con la ampliación de su negocio y, cuando por fin consiguió tener a su prometida de nuevo a su lado, no le pareció suficiente y ¡decidió reclamar la noche de bodas que no había podido disfrutar en su momento!

AMOR HEREDADO

KATE HEWITT